reinhardt

UNIVERSITAS
FRIBURGENSIS

D1723529

Bibliografische Informationen der Deutschen Bibliothek

Die Deutsche Bibliothek verzeichnet diese Publikation in der
Deutschen Nationalbibliografie; detaillierte bibliografische
Daten sind im Internet über http://dnb.ddb.de abrufbar.

Veröffentlicht mit Unterstützung des Hochschulrates
der Universität Freiburg/Schweiz

Die Druckvorlagen der Textseiten
wurden vom Institut für Ökumenische Studien
als PDF-Dateien zur Verfügung gestellt.

Lithos und Druck: Reinhardt Druck, Basel
ISBN 978-3-7245-1844-0

www.reinhardt.ch

Adi

Luc Degla

Wenn die Gäste bleiben

Ein Buch über eine weltweite Debatte

Universität Freiburg Schweiz
Friedrich Reinhardt Verlag
Basel 2012

VORWORT

„Ich bin ein Gast auf Erden und hab' hier keinen Stand ...
So will ich zwar nun treiben mein Leben durch die Welt,
doch denk' ich nicht zu bleiben in diesem fremden Zelt" –
so heißt es in einem alten Kirchenlied. Der Dichter Paul
Gerhardt (1607–1676) bringt darin die Erfahrung der
mühseligen Wanderschaft des Menschen auf Erden zum
Ausdruck. Alle Menschen sind wie Gäste, sie haben keine
dauerhafte Bleibe, auch nicht an dem Ort, der sie freundlich aufnimmt.

Unter diesem Gesichtspunkt ist es weniger außerge-
wöhnlich, wenn Gäste bleiben wollen: weil sie aus ihrem
Land vertrieben sind, weil sie dort keine Arbeit finden,
weil sie eine gute Ausbildung suchen, weil für sie aus der
Fremde eine neue Heimat geworden ist, mit der sie sich
identifizieren. Solche Gäste stellen unsere Gewohnheiten
infrage, haben berechtigte Erwartungen – und immer finden sich in ihrem Gepäck Geschenke. Denn einem Gast
steht es gut an, für die Gastgeber Geschenke mitzubringen.

Wenn der Gast bleibt, dann kann das Fremde zum
Eigenen werden – Perspektiven wandeln sich, Vorurteile
werden abgebaut, man kommt sich näher, wenn Ver-
ständigung jenseits der Sprach- und Kulturbarrieren
gewagt wird. Von diesen Erfahrungen, die im heutigen
Zeitalter der akademischen Mobilität Studierende weltweit mit Emigranten und Flüchtlingen teilen, erzählt das
Buch von Luc Degla.

Auf Einladung des Rektorats der Universität Freiburg
Schweiz hat der Schriftsteller und gelernte Wirtschaftsingenieur aus Benin, der in Cotonou, Moskau und Braunschweig studierte, seine Erlebnisse als „Gastarbeiter" an
der Universität Freiburg/Schweiz niedergeschrieben. Mit

viel Engagement, lebensnah, Vorurteile hinterfragend und selbstkritisch reflektiert er für ausländische Studierende und mit ihnen den Glücksfall und die Herausforderung eines Lebens in der Fremde. Wie Sokrates urteilt er nicht, sondern weitet durch sein Beobachten und Fragen unseren Horizont und provoziert uns zur eigenen Stellungnahme. Er zeigt Innenperspektiven, wo wir oft nur die befremdende Außenseite kennen.

Als Universität mit einer bald 125jährigen Geschichte hat Freiburg sich immer als eine internationale, gastfreundliche Institution verstanden. Heute kommt etwa ein Fünftel der Studierenden aus dem Ausland. Sie vertreten mehr als hundertzehn Länder. Als Gäste, die für ihr Studium bleiben, sind sie an unserer Universität willkommen. Auch wenn sie leider immer mehr administrative Hürden nehmen müssen, sollen sie sich bei uns zu Hause fühlen und ihre Koffer auspacken dürfen.

Das Buch richtet sich an alle Beteiligten: Es ermutigt die Gäste, den Ort und die Menschen, die sie aufnehmen, verstehen und schätzen zu lernen. Und allen Lesern und Leserinnen machen die Beobachtungen von Luc Degla bewusst, dass der Gastgeber, der sein Haus für den Fremden öffnet, selber beim Gast ein neues Zuhause der Freundschaft finden kann. Darum reden wir ja von Gast-Freundschaft!

Freiburg, Frühjahrssemester 2012
Guido Vergauwen, Rektor

Wir laden Sie ein, Kommentare und eigene Erfahrungen zum Thema des Buches der Universität Freiburg zusenden:

Gastfreundschaft@unifr.ch

Nach einer Begegnung

An jenem Tag beschloss ich in meiner Verzweiflung, weil meine Bewerbungen nichts brachten, zum Arbeitsamt zu gehen, um zu schauen, ob ich eine Stelle finden könnte. Die Hoffnung wurde geringer, je länger ich mich bemühte, aber aufgeben durfte ich nicht.

Ich betrat den Raum und traute meinen Augen nicht. Günther stand vor mir in der Schlange. „Hallo Günther, was suchst du denn hier?"

Sichtlich verlegen murmelte er, dass er seit sechs Monaten einen neuen Job suche.

„Siehst du, die Ausländer sind doch zu etwas gut", sagte ich. Statt auf meine Bemerkung zu antworten, drehte er sich um, damit er nicht weiter mit mir reden musste.

Mit Günther hätte ich beinahe dieselben Schwiegereltern gehabt, wenn da nicht meine chronische Unfähigkeit wäre, mich mit Frauen zu verstehen. Er hatte jahrelang bei der Zentralen Anlaufstelle für Asylbewerber gearbeitet und äußerte jedes Mal, wenn die Familie sich traf, seine Verärgerung über die Flüchtlinge. Nachdem der deutsche Staat die Asylgesetze verschärft hatte, war die Zahl der Asylbewerber deutlich zurückgegangen, folglich musste das Personal in der Zentralen Anlaufstelle reduziert werden. So hatte er seinen Job verloren. Er war kein Beamter, sondern ein einfacher Angestellter gewesen.

Nachdem ich mich angemeldet hatte, zeigte der Mitarbeiter mir das Zimmer meines Beraters. Ich klopfte an der dritten Tür links am Ende des Ganges, trat in das Zimmer und setzte mich vor einen Mittdreißiger. Er blätterte in meinen Unterlagen: „Sie haben vier Bücher veröffentlicht, ein Patent angemeldet, eine Firma in Ihrer Heimat gegründet. Das alles zählt hier nicht. Sie sind

Wirtschaftsingenieur Maschinenbau. Im Moment habe ich nichts für Sie, aber ich erwarte Ihnen, dass Sie sich jede Woche mindestens dreimal bewerben. Sie bekommen die Zugangsdaten von uns und schauen nach den Angeboten auf unserer Webseite." Das war's. Mehr konnte der Angestellte des Arbeitsamtes nicht für mich tun. Ich bedankte mich, stand auf und ging.

Unterwegs entschied ich mich, zu meinem Freund Stefan zu gehen, um mit ihm über die Ironie des Lebens zu plaudern. Meine Begegnung mit Günther würde ihn bestimmt amüsieren, dachte ich und fuhr in die Buchhandlung Benno Goeritz.

„Rate mal, wen ich heute beim Arbeitsamt gesehen habe", fragte ich Stefan. Er wusste es nicht. „Günther!"

„Was? Der Mann, der euch immer vorrechnet, wieviel die Asylsuchenden den Staat kosten?", fragte Stefan.

„Ja, siehst du, er verdankte seine Arbeit den Ausländern. Da sie nun weggeblieben sind, so wie er es immer erhofft hatte, sucht er seit sechs Monaten nach einem neuen Job. In seinem Alter wird er wenig Spaß dabei haben."

„Wie alt ist er?"

„Fünfzig."

„Das wird schwer. Ich würde mich nicht wundern, wenn er bald in einer Migrantenorganisation aktiv wird. Jetzt weiß er, dass die Flüchtlinge für ihn von Vorteil waren. Sag mal, was hast du beim Arbeitsamt gesucht?"

„Zeitvertreib."

„Wenn du eine Beschäftigung suchst, warum fährst du nicht endlich in die Schweiz nach Freiburg, um das Buch für die Universität zu schreiben?"

„Das Schreiben ist für mich ein Fluch geworden, ich finde weder eine Arbeit noch eine Frau. Die Arbeitgeber wollen keinen Schriftsteller beschäftigen, und die Frauen glauben an alles, was ich veröffentliche, und ergreifen deswegen die Flucht, wenn ich ihnen mal Hallo sage."

„Ich bitte dich, fahr nach Freiburg und schreib das Buch."

***

Eine Woche später saß ich im Zug. Es war meine erste Reise in die Schweiz. Aus Deutschland kommend fuhr ich durch den Schwarzwald über Basel und Bern nach Freiburg. Voller Bewunderung schaute ich durch das Fenster, das Zusammenspiel von Natur und Technik faszinierte mich, die Schienen, die über Brücken und durch Tunnel führen, und immer wieder Flüsse, die sich durch die bergige Landschaft schlängeln.

Durch das Zugfenster glitt mein Blick über die Plakatwände in den Bahnhöfen und entlang der Bahnlinie. Eine Volkabstimmung stand bevor: die Ausschaffungsinitiative. Auf einigen Plakaten wurde dafür, auf anderen dagegen Stimmung gemacht. Jemand will den Ausländern Angst einjagen, dachte ich. Ausländerthematik mobilisiert die Wählerschaft immer und überall in der Welt. Die Ausländer sind nicht wie „wir", haben nicht die gleichen Tugenden wie „wir" und gehören nicht zum Volk. Da sie nicht die gleichen Tugenden besitzen, können sie nicht so gut sein wie wir, müssen sie wohl schlechte Charaktereigenschaften haben. Deshalb waren überall Bilder bedrohlicher Männer aufgehängt worden, mit der Überschrift „Kriminelle Ausländer raus!"

Übrigens gehört dieser Satz nicht nur zum Wortschatz rechter Parteien, sondern auch zu dem der linken. Ich habe ihn schon mal in Deutschland von einem ehemaligen sozialdemokratischen Ministerpräsidenten gehört.

Sechs Monate später wunderte ich mich, dass überall in der Stadt Freiburg davor gewarnt wurde, Taschendiebe seien vermehrt am Werk. Wer waren nun diese Kriminellen? Haben die Behörden nicht genug ausgeschafft oder sind das jetzt die übrig gebliebenen Einheimischen?

An der deutsch-schweizerischen Grenze wurde mein Ausweis nicht kontrolliert, ein Paradox dieses Kontinents. Einerseits fallen die geografischen Grenzen, andererseits entstehen viele andere: die sprachlichen Grenzen, die religiösen und die ethnischen.

Die Kunst, den Alltag in Europa zu bewältigen, besteht darin, mit all diesen Grenzen klarzukommen. Überall wird um Raum gerungen: Kruzifix im Büro und Klassenzimmer oder nicht? Burqa in der Schule, in der Stadt oder nicht? Sollen Ausländer in den Hochschulen zugelassen werden oder nicht?

Die Menschen haben es heute nicht leicht, ihnen wird gesagt, dass sie alle gleich sind, dass sie geliebt und geschützt werden, gleichzeitig aber spüren sie, dass sie manchmal aufgrund ihrer gesellschaftlichen Stellung den Zugang zu bestimmten Kreisen nicht haben. Wollen die Staaten wirklich, dass alle Bürger studieren, wenn die Studiengebühren steigen? Bürger aus Rumänien, Polen und Tschechien können sich frei in Europa bewegen, wodurch sind sie besser als die Marokkaner? Wodurch ist der Kanadier, der frei in die USA reisen kann, besser als der Mexikaner, der an der Grenze beider Länder zurückgewiesen wird? Sind wir wirklich alle gleich?

Seit der Grenzöffnung Richtung Osten sind zwar viele Osteuropäer in den Westen eingewandert, aber genauso sind viele Westeuropäer in den Osten umgesiedelt. Die großen menschlichen Tsunamis, die Westeuropa überrollen sollten, blieben aus.

Die Vielfalt an Nationalitäten, an Sprachen stellt einen Reichtum dar, der unzählige Menschen verunsichert und mehr Angst schürt als Freude weckt. Komischerweise haben alle Menschen innerhalb der Grenzen Angst. Die, die sich berechtigt fühlen, haben Angst vor „Überfremdung", die Fremden selbst haben Angst vor Übergriffen und Ausgrenzungen, und die keine Gefahr von Fremden ausgehen sehen, haben Angst um diese.

Da man bekanntlich mit Angst das Volk gut regieren kann, bietet der Fremde einen willkommenen und unerschöpflichen Anlass für Politiker in der ganzen Welt. Vier Monate habe ich mich in Freiburg aufgehalten, fast täglich erschienen in den Medien Artikel über Ausländer. Das Thema war ständig präsent, ich fragte mich, wie die Freiburger trotz dieser Hetze so freundlich und offen gegenüber einem Fremden wie mir bleiben konnten.

Der ehemalige sächsische Ministerpräsident Böhmer sagte in einem Interview, es sei eine Illusion, die Welt verbessern zu wollen, und wenn das unmöglich sei, dann solle man wenigstens das Zusammenleben zwischen den Menschen ordnen. Ich teile diese Meinung und nehme den Auftrag der Universität Freiburg an, das Leben und den Beitrag der ausländischen Studierenden an der Universität, in der Stadt und in der Schweiz literarisch zu verarbeiten. Eine Aufgabe, die von mir immer wieder sehr viel Gleichgewichtsübung fordert. Wie schreibt man über die Verhältnisse, ohne den anderen zu verletzen und bloßzustellen? Wie schreibt man, ohne das Offensichtliche nicht zu verleugnen oder zu beschönigen?

Ich lade Sie zu einer Entdeckung der europäischen Hinterhöfe und der Welt der globalen Studierenden ein. Dieses Mal lasse ich aus zeitlichen Gründen die wirtschaftlichen Zusammenhänge beiseite und versuche das

Buch nur dem geistigen Zustand der Immigranten zu widmen, insbesondere der ausländischen Studierenden.

Was treibt sie? Welche Auswirkungen haben die Gesetze und die hiesigen Bedingungen auf ihr Leben? In welche Enge werden sie von der Politik getrieben? Was hat ein Land wie die Schweiz davon? Viele Fragen, deren Antworten Sie, liebe Leserinnen und Leser, selbst finden dürfen.

Bevor ich das Büro des Rektors verließ, schaute ich durch das Fenster nach draußen und entdeckte ein Tier. Ich fragte den Rektor, was für ein Tier das sei. Er sah mich völlig überrascht an und sagte: „Wie denn? Das ist doch eine Katze!" „Ja", antwortete ich, „Sie haben gesagt, eine Katze, vielleicht ist es ein Kater, das wissen wir nicht."

„Katze" ist das Wort, das bei uns üblich ist und uns schnell über die Lippen kommt, wenn wir eine Katze oder einen Kater meinen. Für die flüssige Lektüre dieses Buches werde ich manchmal für beide Geschlechter die männliche Pluralform verwenden. Damit möchte ich auf keinen Fall die Frauen geringschätzen.

ERSTE KONTAKTE IN FREIBURG

2. März. Notizen

Um die Stadt zu entdecken, brauche ich die Hilfe von Freiburgern. Diese Freiburger müssen eine Gemeinsamkeit mit mir haben: Schriftsteller, Landsleute oder Berufsverwandte. Schriftsteller und Berufsverwandte sind nicht leicht zu finden. Mir bleiben nur noch die Landsleute. Ich gehe in die Mensa und erkundige mich bei den ersten

Studierenden, denen ich begegne, ob sie einen Beniner, einen Westafrikaner oder einen Deutschen kennen. „Die da ist Deutsche", sagt ein Student und zeigt auf eine Frau. Ich gehe zu ihr und grüße sie. Ein Mann neben ihr schaut mich misstrauisch an. Die Studentin fühlt sich auch nicht wohl und bleibt distanziert. Ich stelle ein paar unwichtige Fragen und ziehe mich zurück. Dann sehe ich einen afrikanischen Studenten, er stammt aus Kamerun. Ein bisschen zu weit von Benin, um eine warme Begegnung zu zelebrieren. Er gibt mir die Kontaktdaten eines Studenten aus Togo.

Abdel ist vor sieben Monaten angekommen und studiert an der Universität. Da ich ihn nicht einfach so befragen kann, bitte ich ihn, mir zu helfen, ein mobiles Telefon zu besorgen. Mir fällt auf, dass er für die Jahreszeit die falschen Schuhe und die falsche Jacke angezogen hat. Ich erkläre ihm, dass über einer Strickjacke eine windbeständige Jacke getragen werden sollte, sonst sei er nicht genug geschützt. Ob er denn keine Ratschläge bei den älteren Studenten suche, frage ich. Nein, sagt er, und ich frage weiter, ob er einen Ratgeber gelesen habe, als er erfuhr, dass er zum Studium in die Schweiz reisen würde. Er hat weder einen Ratgeber gelesen noch sich intensiv mit jemandem über das Leben in der Schweiz unterhalten.

Mir geht die Frage durch den Kopf, warum die Europäer, die ich kenne, einen Reiseführer kaufen, sobald sie in ein fremdes Land fahren wollen, und warum Afrikaner zum Beispiel nicht den gleichen Reflex haben. Auch osteuropäische Studenten kommen in die Schweiz, ohne vorher einen Ratgeber gelesen zu haben, erzählt ein Betreuer.

Der junge Togolese beklagt sich, dass er die Einsamkeit kennengelernt habe und dieser mit verschiedenen Kontakten im Internet zu entkommen versuche. Leider vergeblich. Er hat nur Misserfolge bei den Damen. „Das ist normal", sage ich, „du musst hier alles neu lernen, es sind zwei Kulturen, die aufeinander treffen. Du musst noch die passenden Reflexe entwickeln, um Vertrauen bei den Damen aufzubauen. Jeder Löwe muss die Jagd in einem neuen Revier erneut lernen. Und eins ist wichtig: Du darfst den Damen nie sagen, dass du nach deinem Studium in die Heimat zurückkehren möchtest. Keine Frau, egal wo in der Welt, möchte erfahren, dass ihr Verehrer nur einen kurzen Lebensabschnitt mit ihr teilen will. Nicht einmal die Arbeitgeber wollen während eines Interviews hören, dass du vorhast, später das Land zu verlassen. Sie fürchten nach kurzer Zeit jemanden neu einarbeiten zu müssen. ‚Ja, ich will in der Schweiz bleiben!', sollte stets deine Antwort sein."

Diese Tatsache steht im Widerspruch zu den Erwartungen des Staates und der Gesellschaft. Diese wollen, dass der Immigrant seinen Koffer stets gepackt hat und weiterzieht, wenn er nicht mehr gebraucht wird.

Der Junge war fleißig in den Vorlesungen, aber seine Laune wurde immer schlechter. Obwohl er seit sieben Monaten in der Stadt wohnt, kennt er die Orte nicht, wo er anderen Freiburgern in seinem Alter begegnen kann. Ich zeige ihm das *Centre Fries*, *Nouveau Monde* und andere Treffpunkte. „Du musst raus!", sage ich ihm, „du kannst nicht nur im Wohnheim bleiben, sonst wirst du dich in der Stadt niemals wohlfühlen. Die anderen Kommilitonen wissen nicht, dass du Kontakte suchst. Niemand ist irgendwo willkommen, man macht sich willkommen."

Zwei Wochen später erzählt er, er habe eine Frau über das Internet kennengelernt, sie lebe in Wilhelmshaven, in Norddeutschland. „Finger weg!", sage ich, „die Liebe ist der Feind der Immigranten. Du musst deine Gefühle beherrschen und stets deine Schritte bedenken. Weißt du, wieviel eine Reise nach Norddeutschland kostet? Bei der Liebe entsteht der Hunger erst während des Essens. Wer wird die Reisen bezahlen? Und wie sollst du dich aufs Studium konzentrieren?"

Er folgte meinen Ratschlägen und begrub die Hoffnung der Wilhelmshavenerin. Drei Wochen später lernte er eine Studentin aus Luzern kennen.

3. März. Notizen

Das *Centre Fries* ist meine erste Entdeckung in Freiburg. Ich finde es faszinierend, wie Studentinnen und Studenten die Verantwortung für eine Einrichtung übernehmen. Ein Kulturhaus für Studierende. Das Programm reicht von gemeinsamen Essen und Konzerten bis zu Diskussionsveranstaltungen. Die erste Veranstaltung, an der ich teilnehmen darf, ist die Lesung des afrikanischen Autors Ambroise Katambu Bulambo. In dem Buch „Fabiola, l'Immigrée" geht es um die kulturelle Orientierung einer Immigrantin und um die Frage, warum ein Student, der in der Schweiz studiert und eine Arbeit bei einer großen Bank gefunden hat, sich bemüht, eine Frau aus seiner Heimat Kongo einzuführen. Sind die Schweizerinnen ihm nicht gut genug? Wie kongolesisch ist er noch, um sich mit einer Kongolesin vertragen zu können? Der Prozess der Anpassung ist bei ihm weit fortgeschritten, er ist schon ein Schweizer, und nun möchte er mit einer neuen Immigrantin leben.

Als der erwartete Konflikt zwischen der echten Kongolesin und dem nicht-mehr-ganz-Kongolesen entbrennt, ist die schweizerische Familienberaterin überfordert. Sie verschlimmert den Konflikt noch, indem sie dem Feminismus einen Platz einräumt. Nun muss sich ein Rat der ältesten Kongolesen der Stadt bilden und ausziehen, um den Konflikt zu schlichten, weil den Herren einige kulturelle Details besser bekannt sind. Der Autor fordert indirekt die Anerkennung von Kulturgerichten.

Er bekommt nicht besonders viel Zustimmung, weil irgendwann doch eine Grenze gezogen werden muss. Den Zuhörern ist aufgefallen, dass meistens nur die Immigranten, die später einwandern, über Identitätsprobleme klagen. Sie wollen das wiederherstellen, was sie früher unbedingt hinter sich lassen wollten, und das ist schon verwirrend.

Ein Tessiner meint: „Ich vermisse das Tessin in Freiburg, aber ich bestehe nicht darauf, hier Italienisch zu sprechen. Ich spreche Französisch und Deutsch, weil ich mich für Freiburg entschieden habe."

Ich denke nach und finde, dass der Student Recht hat. Warum machen sich die Tuareg aus der Wüste nicht mit ihren Kamelen auf den Weg nach Europa? Es ist doch ihre Tradition, Kamele zu reiten, stattdessen fahren sie Jeeps. Heute pilgern die Muslime mit Flugzeugen nach Mekka. Darf ein Papua-Neuguineer mit seinem Penisrohr durch die Innenstadt von Freiburg laufen? Schließlich ist das seine Tradition.

„Die Tradition gehört zu Instrumenten des Kampfes um Privilegien", sage ich.

„Wie bitte?", fragt einer und bittet mich um ein Beispiel.

In den beninischen Schulen gab es zu meiner Zeit keine Raumpflege. Die Schülerinnen und Schüler einer

Klasse wurden in verschiedene Gruppen eingeteilt. Die Gruppe, die an der Reihe war, kam eine Stunde früher in die Schule, um das Klassenzimmer auf Vordermann zu bringen.

Als die Schulleitung am Anfang des Jahres die Gruppen einteilte, sagte ein neuer Klassenkamerad, er dürfe aufgrund seines Totems nicht fegen. Die Leiterin gab ihm dann die Aufgabe, vor Unterrichtsbeginn die Tafel zu wischen. Dadurch war er der einzige, der nie früher als die anderen aufstehen musste.

Drei Jahre später, in der dreizehnten Klasse, sagte er uns während der Abiturfeier, dass er alle ausgetrickst habe. Ich war eng mit ihm befreundet, und er erinnerte mich, dass ich ihn häufig zu Hause besucht und erlebt hatte, wie er dabei war, sein Zimmer und den Hof zu fegen. Ich hatte so viel Vertrauen zu ihm, dass ich offensichtlich blind geblieben war.

Die Tradition ist zwar das Gedächtnis der Menschheit, sie ist aber auch ein Instrument, das für Machtspiele missbraucht wird.

Die Diskussion wird heftig: „Wie viele Identitäten brauchen wir? Der Banker möchte sein Brot in der Schweiz verdienen, dann soll er Schweizer werden. Darf er sich die Freiheit nehmen, eine andere Person in kulturelle Verwirrung zu bringen? Wofür entscheidet sich der Immigrant? Für welche Freiheit?"

Kone, der Guineer ruft: „Deine Freiheit endet, wo die der anderen anfängt."

„Ich hasse diesen Satz", entgegnet Stefan, ein anderer Tessiner. „Ich weiß nicht, ob meine Nachbarn sich freuen, wenn ich meine Dusche nehme. Denn unter der Dusche singe ich immer laut Pavarotti. Mein Badezimmer endet dort, wo die Wohnung der anderen anfängt."

Michael ergreift das Wort: „Die Rücksicht oder die Toleranz darf nicht als Schwäche gesehen werden, und eigentlich braucht man nicht viel zu reden. Die ganze Sache ist eine Frage der Presse, die ihre Seiten füllen muss. Manchmal fragt man sich: Wozu die ganze Aufregung? Schaut euch zum Beispiel gerade die Debatten über die Burqa in Frankreich an. Wie viele von den 55 Millionen Franzosen tragen die Burqa? 5'000? Warum wird das zur Debatte? Weil die Opposition Aufmerksamkeit will, weil die Regierungspartei Macht demonstrieren will und weil die Presse ein Thema braucht. Mit gesundem Menschenverstand könnte man damit so umgehen: Wer braucht die Burqa in Frankreich? Wer sind sie? Wenn sie sich so anziehen wollen, dann sollen sie in den Ländern leben, in denen sie problemlos ihre Burqa tragen können. Werden sie am Nordpol die Burqa fordern?"

Ein anderer Zuhörer, dessen Namen ich vergessen habe, sagt: „Wegen einer einzigen Studentin wurde eine Klausur, die ursprünglich an einem Samstag stattfinden sollte, nicht geschrieben und auf einen anderen Tag verlegt, weil sie vorgebracht hatte, sie sei Jüdin und dürfe an dem Sabbat-Tag nicht arbeiten."

Danach sagt eine Weile niemand etwas.

Um das Schweigen zu unterbrechen, frage ich eine Studentin, die sich die ganze Zeit nicht gemeldet hat.

„Und du, was meinst du?"

„Ich?"

„Ja, du, Amy."

Amy hat die Diskussionen über Kultur und Identität satt. Sie kommt aus England und studiert Internationales Recht.

„Warum hast du Freiburg ausgewählt?"

„Ich möchte gerne eine internationale Karriere machen. Ich spreche Englisch, und die Möglichkeit, gleichzeitig Französisch und Deutsch im Alltag zu verwenden, hat mich fasziniert."

„Was glaubst du, was die Stadt von dir bekommt?"

„Ökonomisch: Ich gebe Geld aus. Meine Eltern überweisen jeden Monat britische Pfund, die ich in der Stadt ausgebe. Kulturell: Viele Freiburger Familien haben England besucht, weil sie mich kennengelernt haben, und genauso haben Verwandte mich hier besucht."

Stefan meldet sich zu Wort: „Du fragst, ob Freiburg von ihrem Aufenthalt profitiert. Ich glaube, man kann den studentischen Austausch nicht quantifizieren. Ich habe ein Semester in Polen studiert. Seit meiner Rückkehr arbeite ich zweimal pro Woche in einem kleinen Betrieb, mein Chef hat mich schon oft um Hilfe gebeten, wenn er mit seinen polnischen Lieferanten Verständigungsprobleme hat."

„Eh, ich möchte noch mal wissen", unterbricht uns der Autor, „was haltet ihr von dem Kulturgericht?"

Henri aus der Elfenbeinküste sagt: „Ich bin mit zwölf Jahren in die Schweiz gekommen und in einer Schweizer Familie groß geworden. Meine Wahl und meine Entscheidung steht fest: Hier bin ich Schweizer, in der Elfenbeinküste bin ich Ivorer. Es gilt das gleiche Recht für alle. Sie können nicht aus dem Kongo kommen und hier verlangen, dass man Ihnen ein Sondergericht etablieren muss. Wo soll das enden? Danach werden die Muslime die Scharia fordern. Nein, ich bin der Meinung, dass die Immigranten der Kultur der Masse folgen sollten. Ich sage nicht mal Mehrheit, ich sage Masse. So entsteht ein kompaktes Bild der Gesellschaft. Falls ich mich eines Tages in einem muslimischen Land befinde, werde ich nicht während des Ramadan mein Sandwich öffentlich auf der Straße essen, ich gehe davon aus, dass ich mich am Rhythmus des Fastenmonats orientieren muss. Das ist keine politische Frage, sondern eine persönliche. Ihr kennt zum Beispiel meine Religionszugehörigkeit nicht. Niemand hat hier gefragt, ob einer Christ ist oder nicht. So sollte es sein."

Ich ergreife das Wort: „Denken wir ein bisschen nach. Wie wäre es, wenn statt stammbezogener Kulturgerichte ein Rat der Kulturen gebildet würde? Man beobachtet oft, wie befangen die europäischen Entscheidungsträger sind, wenn sie über Ausländer irgendwelche Entscheidungen treffen müssen. Ich würde an ihrer Stelle Personen zusammenrufen, die sich mit ihrer eigenen sowie mit der schweizerischen Kultur gut auskennen. Immer wenn eine schwierige Entscheidung getroffen werden muss, werden sie offiziell beauftragt, Lösungsvorschläge zu machen. Die Legitimität, die der Entscheidungsträger dadurch bekäme, würde Konfrontationen und Aggressionen den Wind aus den Segeln nehmen. Ein Meister in diesem Spiel war zum Beispiel der ehemalige französische Präsident Mitterand, der als Einwanderungsminister einen Franzosen togolesischer Abstammung ernannte. Nach dem Motto: Ein Ausländer kann die Ausländer, wenn es darauf ankommt, am besten prügeln."

3. März. Notizen

Afrikanische Studierende haben sich beschwert, dass sie in ihrem Wohnheim nicht kochen können. Es gibt keine Gemeinschaftsküche. Sie müssen in der Mensa oder in der Stadt essen.

Teil eines Gesprächs mit der deutschen Studentin Christina und ihrem Schweizer Freund Christoph.

„Christina, wie kommst du mit dem Trubel um die Deutschen, klar? Fühlst du dich persönlich angegriffen? Ich bin selbst ein Ausländer und weiß, dass Artikel in den Medien Ausländer unter enormen psychischen Druck setzen können."

Christina: „Es geht eigentlich. Trotz des ganzen Wirbels hat mir bis jetzt niemand meine Rechte in der Schweiz aberkannt. Vielleicht fühle ich mich wohl, weil ich schon lange hier studiere."

Christoph: „Ganz einfach, wenn wir hier in der Schweiz Studentinnen und Studenten aus der EU diskriminieren, könnte es zu Repressalien gegenüber Schweizer Studenten im Ausland kommen. Europa und die Schweiz bilden ein Netzwerk, niemand darf im Alleingang den Cowboy spielen."

Christina: „Wenn so viele deutsche Studentinnen und Studenten in die Schweiz kommen, um zu studieren, spricht das für die Qualität der schweizerischen Hochschulen. Ich verstehe die ganze Aufregung nicht. Ich kenne einige, die in Bulgarien Medizin studieren, um den Numerus Clausus in Deutschland zu umgehen. Wir hören nichts aus Bulgarien."

Christoph: „Man macht viel Lärm um nichts. Wenn die Verantwortlichen meinen, dass zu viele Deutsche in die Schweiz kommen, dann sollen sie Deutschland um Kompensationshilfe bitten, statt tagtäglich Zeter und Mordio zu schreien."

WER BRAUCHT WEN?

Kein Thema ist in der europäischen Gesellschaft so präsent wie das der Einwanderungspolitik. Man könnte denken, es sei eine Sünde, in einem anderen Land leben zu wollen. Nicht nur die Medien berichten fast täglich über die Ausländer, Schweizer Politiker machten sogar die Zahl der Ausländer für die Überfüllung der Züge und für die Staus auf den Autobahnen verantwortlich. Einer ging so weit zu sagen, ohne die Ausländer könne die Schweiz ein Atomkraftwerk sparen, weil der Energieverbrauch stetig mit der wachsenden Zahl der Ausländer steige. Dabei muss man die Besonderheit der Schweiz erklären. Die Deutschschweizer beklagen die Einwanderungswelle aus Deutschland, die französische Schweiz klagt über die Einwanderer aus Frankreich, und die Tessiner beschweren sich über die Welle, die aus Italien kommt. Die Sprache spielt schon eine Rolle.

Natürlich kann man die oben erwähnten Aussagen nicht ernst nehmen, aber sie zeigen Wirkung. Sie wirken an den Stammtischen und auf die Laune der Ausländer, die im Lande leben. Selbst die ehemaligen Ausländer, die eingebürgert sind, zucken zusammen, wenn sie solche Schlagzeilen lesen. Auch Politiker stehen unter einem enormen Druck, wie ein Beispiel aus Spreitenbach zeigt. Der ehemalige Gemeindeammann Josef Bütler trat wegen der Drohungen zurück, die er und seine Familie erhielten, nachdem er sich in einem Interview positiv über die Migranten, die in seiner Gemeinde leben, geäußert hatte.

Dabei stelle ich mir zwei Fragen: Welche Ziele verfolgen diejenigen, die die Diskussionen über Ausländer immer wieder beleben? Hat ein Staat etwas davon, wenn ein Teil seiner Bürger in ständigem psychischem Stress lebt? Wie vertragen sich die Tiraden gegen Ausländer mit der Werbung des Landes für den Tourismus?

Es ist leicht zu zeigen, wie Günther seinen Job den Ausländern zu verdanken hatte, aber der Bevölkerung ist es egal, wenn erzählt wird, welchen Beitrag die Ausländer für die Wirtschaft leisten. Die Forscher leben vom weltweiten Austausch und vom ständigen Kontakt untereinander.

Interessen regieren die Welt, und die Ausländer werden meistens nach ihrem Geldbeutel beurteilt und akzeptiert, sie sind untereinander sehr unterschiedlich und stellen einzelne Schicksale und Lebenswege dar. Andere genießen die Privilegien, die ihre Länder für sie ausgehandelt haben. Ein EU-Bürger hat in der Schweiz ganz andere Sorgen als ein Bürger aus Lateinamerika, Asien oder Afrika. Wenn man von EU-Bürgern spricht, sieht der Schweizer Grenzbeamte, der jeden Tag an der Grenze Pässe kontrolliert, Menschen, die aus allen Teilen der Erde stammen, während der einfache Bürger vermutlich den klassischen europäischen Typ vor seinem geistigen Auge hat.

Nach meinen ersten Kontakten in Freiburg hatte ich den Eindruck, dass die ganze Schweiz nur aus Fremden beziehungsweise Ausländern besteht, denn nirgendwo in der Welt habe ich erlebt, dass die Kantonzugehörigkeit, die Heimatstadt oder das Heimatdorf so relevant sind. Innerhalb von wenigen Minuten wusste ich, woher der eine oder die andere stammt. Die Tatsache, dass ich nach einer halben Stunde Fahrt von Freiburg nach Bern in einer ganz anderen Welt ankomme, erinnert mich sehr an meine beninische Heimat. In gewisser Weise sind die Schweizer selbst innerhalb der Schweiz häufig Migrantinnen und Migranten.

Es ist heutzutage nicht leicht, einen Ausländer zu bezeichnen. Man spricht von Migranten oder von Bürgern mit Migrationshintergrund. Hört die Migration nicht an dem Tag auf, an dem ich mich für ein Land entschieden habe? Ist in Deutschland eine Türkin, die nie in der Türkei war, die die deutsche Staatsangehörigkeit besitzt, noch eine Türkin? Bleibt sie es aufgrund ihrer Hautfarbe und ihrer Muttersprache?

Auf meinen Vorschlag, Migranten, die sich für ein Land entschieden haben und dort sesshaft geworden sind, als Neobürger (Neodeutscher, Neoschweizer, Neofranzose usw.) zu bezeichnen, antwortete eine Soziologin, die Bezeichnung sei falsch. Die Schweiz mache keinen Unterschied zwischen dem Schweizer, dessen Urgroßvater in der Schweiz geboren ist, und dem Inder, der Schweizer geworden ist. Doch der Mensch lebt in einer Gemeinde, und diese Gemeinde bezeichnet ihn und seine Nachkommen als Ausländer, weil sie offensichtlich eine andere Hautfarbe haben. Die Soziologin sagte, der Staat sieht den Menschen, und der Mensch sieht sich. Der Blick kann unterschiedlich sein, aber es geht um die Zugehörigkeit. Vollkommen zugehörig fühlt sich der Immigrant nicht, egal welche Rechte ihm zustehen. Aufgrund seiner Hautfarbe, seines Akzents, seiner Religion geht der neu Zugewanderte einen Schritt zurück, wenn es darum geht, bestimmte Kreise zu betreten.

Eine Französin mit europäischen Wurzeln, die als Lehrerin seit 25 Jahre in Deutschland arbeitet, sagte mir: „Egal was passiert, ich bin unvollkommen. Ich habe dieselbe Hautfarbe wie die meisten meiner Kollegen, aber ich fühle mich trotzdem nicht ganz dazugehörig. Ich muss meine Texte immer korrigieren lassen. Ich habe immer noch die französische Streiklust in mir und verstehe nicht, warum ich nicht protestieren darf, wenn mir etwas nicht gefällt, weil Beamte in Deutschland nicht streiken dürfen."

Diese Last, die natürlich nach Generationen verschwindet und die der erste Einwanderer mit sich trägt, möchte der Staat ignorieren, sie ist aber entscheidend für das Wohlbefinden der Immigranten in ihrer neuen Heimat.

Das Leben der neuesten Einwanderer wird auch durch die Technik und die Mobilität nicht einfacher. Früher hielten nur die Erzählungen über die Heimat die Erinnerungen wach. Dann folgten die nächsten Generationen, und die Anpassung geschah ganz selbstverständlich. Auch wenn sie zusammen in einer Gemeinde der neuen Heimat lebten, waren die Spuren in die Vergangenheit nicht leicht zurückzuverfolgen. Heute tragen die günstigen Flüge, das Telefon und das Internet dazu bei, dass die alte Heimat nicht mehr weit weg ist. Eine Tatsache, die nicht unbedingt vorteilhaft für eine Integration in der neuen Heimat ist, denn wegen des ständigen Kontakts mit der alten Heimat läuft der Einwanderer Gefahr, nicht gewahr zu werden, dass er sich nun für ein Land entscheiden muss. Nach dem Motto: Jetzt bin ich hier, ich muss alles tun, um hier klarzukommen.

Die Gründe für eine Auswanderung sind unterschiedlich. Die häufigsten Gründe sind die Suche nach Arbeit, die Liebe, die Ausbildung und die Politik. Auswanderung hat Ähnlichkeit mit Spionage. Alle Länder spionieren, sobald jedoch der Spion eines anderen Landes festgenommen wird, spricht man von Verbrechen. Genauso geschieht es bei der Auswanderung. Die Schweizer beschweren sich über die Einwanderungswellen aus Deutschland, Frankreich und Italien. Die Presse in diesen Ländern berichtet kaum über die Reaktionen in der Schweiz, klagt aber selbst, wie furchtbar es ist, dass so viele Ausländer in ihre jeweiligen Länder kommen wollen. Die Ukrainer ziehen nach Polen, die Polen nach Deutschland und die Deutschen in die Schweiz. Die älteren Schweizer ziehen in die Tropen, auf die Seychellen und nach Kenia, zum Beispiel.

Neben all diesen Gründen, die oben genannt wurden, ist die Lebensqualität im Heimatland ein wichtiger Faktor. Es geht nicht unbedingt um Geld, vielmehr um einen planbaren Alltag, um den Umgang zwischen den Menschen. Damit Sie begreifen, was ich meine, erzähle ich Ihnen, wie ich einige Monate, bevor ich dieses Buch begann, einen neuen Reisepass bekommen habe. Es ist nicht mein erster, sondern mein sechster Pass, seit ich mich in Europa befinde. Zuerst muss ich betonen, dass ich für meinen schweizerischen Ausländerausweis nur insgesamt fünfzehn Minuten bei den schweizerischen Behörden gebraucht habe, um meine Unterlagen abzugeben. Die Gebühr von zweihundert Schweizer Franken hatte ich zuvor auf das Konto der Stadt überwiesen. Der Ausweis selbst wurde mir zwei Wochen später nach Hause zugeschickt.

Auf eine Anfrage an die beninische Botschaft in Berlin bekam ich die Antwort: „Sie können die Unterlagen hier abgeben, aber wir schicken sie nach Benin. Wir können Ihnen nicht sagen, wie lange Sie auf Ihren neuen Reisepass warten werden. Fliegen Sie am besten selbst nach Benin und holen Sie den Pass dort, wenn Sie ihn dringend benötigen."

Ich flog nach Benin, Flugkosten: 800 Euro. Dort wohnte ich in Porto-Novo, dreißig Kilometer von Cotonou entfernt. Am nächsten Tag fuhr ich zu den Behörden in Cotonou. Auf einem Aushang las ich die Liste der Unterlagen, die benötigt wurden. Ich war glücklich, es gab keine Abweichung von dem, was ich auf der Webseite der Botschaft gelesen hatte. Am Schalter verlangte der Sachbearbeiter jedoch ein weiteres Papier, einen Zusatz zur Geburtsurkunde.

„Aber das steht nicht auf dem Aushang!", protestierte ich.

„Es tut mir leid, wir haben den Aushang noch nicht aktualisiert. Jeder weiß, dass man das besorgen muss."

„Was soll ich machen? Ich lebe in Deutschland, und ich komme aus Porto-Novo, von wo ich 40 km gefahren bin, um hier zu stehen. Ich habe nur zwei Wochen Zeit."

„Na dann, fahren Sie schnell nach Save (mein Geburtsort 400 km von Cotonou entfernt – für beninische Verhältnisse zwei Tagesreisen hin und zurück) und kommen Sie mit dem Dokument wieder."

Enttäuscht drehte ich mich um. Ein Mann, der das Gespräch verfolgt hatte, sprach mich an. Er kenne eine Polizistin, die mir den Pass trotz des fehlenden Papiers besorgen könne. Das würde zwar etwas mehr kosten, aber nicht allzu viel.

Nun war ich in der Zwickmühle. Sollte ich angesichts der Tatsache, dass ich nur zwei Wochen Zeit hatte, diesem Mann meine Unterlagen anvertrauen? Er versprach, dass ich den Pass innerhalb von drei Tagen erhalten würde. Ich ließ mich überreden und stieg in sein Auto.

Inzwischen hatte er die Polizistin angerufen, sie wartete auf uns. Nachdem wir angekommen waren, zeigte ich ihr meine Unterlagen. Nein, der Sachbearbeiter hatte recht, ohne das Papier konnte die Polizistin nichts für mich tun. Dieses zusätzliche Dokument werde erst seit kurzem verlangt, weil der Staat damit sicher gehen wolle, dass ich ein richtiger Beniner sei und kein Nigerianer oder Kongolese, der unberechtigt einen beninischen Pass erhalten möchte.

Neben meinem Flugticket gab ich noch ein schönes Sümmchen aus, um das Dokument in Save zu besorgen. Damit alles schnell ging, rief ein weiterer Vermittler das dortige Rathaus an, damit sie mit der Erstellung des Nachweises schon mal anfingen. Das bedeutete, dass ich auch dem Sachbearbeiter im Rathaus ein Trinkgeld geben musste.

Ich reiste früh nach Save, wo ich nach fünf Stunden ankam. Der Nachweis war fertig. Ich gab das Trinkgeld, bedankte mich und trat die Rückfahrt an.

Nun quälte mich die Frage, ob ich meinen Pass wieder am Schalter abgeben oder der Polizistin überlassen sollte. Das Trinkgeld war irrelevant. Auf welchem Weg würde ich meinen Pass schneller bekommen? Falls ich den offiziellen Weg ging und der Pass bis zu meinem Rückflug nicht erstellt sein sollte, würde der Versand 65'000 CFA Francs (100 Euro) kosten. Mehr als das, was ich für die Bestechung ausgegeben hätte. In Cotonou entschied ich mich doch für die Polizistin. Von ihr wusste ich, dass sie das Doppelte der Gebühren verlangte: 50'000 CFA Francs, das offizielle monatliche Einstiegsgehalt eines Lehrers. Sie nahm das Geld und die Unterlagen entgegen und bat mich, in vier Tagen vorbeizukommen, um meinen neuen Pass abzuholen.

Nach vier Tagen erhielt ich tatsächlich einen Anruf von der Polizistin und machte mich auf den Weg zu ihr. Um Zeit zu sparen, mietete ich ein Taxi von meinem Wohnort Porto-Novo nach Cotonou. Ich bat den Fahrer, auf mich zu warten, während ich im Büro der Polizistin meinen Pass abholte.

Ich bekam den neuen Pass. Nach einem Händedruck ging ich zum Taxi zurück. Kaum setzte ich mich ins Auto, tauchte ein Polizeifahrzeug auf und versperrte unserem Wagen den Weg. Ein Polizist sprang heraus und nahm dem Fahrer den Autoschlüssel ab.

„Was ist los?", fragte ich. Der Polizist antwortete: „Er darf hier nicht parken."

„Aber das steht nirgendwo, dass man hier nicht parken darf! Wo ist das Halteverbot-Schild?"

„Als Fahrer muss er wissen, dass man nicht hier parken darf." Der Polizist wollte uns einen Strafzettel ausstellen. „Das kostet 28'000 Francs" (ca. 42 Euro), sagte er. Der spinnt wohl, dachte ich. Der Fahrer flüsterte mir zu, dass der Polizist mit 5'000 CFA Francs zufrieden sein und uns weiterfahren lassen werde.

„5'000 Francs?", fragte ich, „das verdiene ich in einer Stunde in Deutschland. Ich kann nicht für Nichtstun diesem Polizisten 5'000 Francs ins Maul stopfen. Dann zahle ich lieber dem Staat die 42 Euro." Ich rief den Polizisten und bat ihn, mir den Strafzettel auszustellen.

Er schaute mich verblüfft an. Ich wiederholte, dass er mir den Strafzettel geben solle. „Wie denn?", fragte er, „wir können das doch unter uns regeln."

„Nein, ich bin gegen die Korruption, ich zahle in die Staatskasse." Er redete mit seinem Kollegen. Der Kollege, der zu Rat gezogen wurde, zuckte mit den Achseln und sagte: „Lass ihn doch zahlen. Wir müssen weiter."

Ich dachte nach. Was würde ich nun mit meiner Haltung ändern? Nichts! Also spare ich lieber 23'000 Francs. Ich übergab dem Polizisten 5'000 Francs, er händigte dem Fahrer den Autoschlüssel und den Fahrzeugschein aus, und ich fuhr mit meinem neuen Pass endlich nach Hause.

Es wird oft behauptet, dass die Menschen im Süden korrupt sind, weil sie nicht vernünftig bezahlt werden. Diese Aussage stimmt nicht. Überall in der Welt findet man selten Menschen, die mit ihrem Lohn zufrieden sind. Wie hoch sind die Gehälter der Banker an der Börse? Trotzdem wollen sie immer höhere Boni. Das Problem in den südlichen Ländern ist die Straffreiheit. Wenn ich einen Polizisten in der Schweiz anzeigen will, finde ich Gehör, in Benin kaum. Außerdem hilft die Höhe der Strafe nicht, die Korruption zu bekämpfen; der Polizist, der einen Strafzettel von 28'000 CFA Francs ausstellen soll, weiß, dass der Bürger nicht in der Lage ist, diesen Betrag zu bezahlen, also steigt die Bereitschaft von beiden, sich zu einigen. Hätte der Strafzettel eine Höhe von 1'000 CFA Francs, dann wäre der Bürger eher bereit, in die Staatskasse einzuzahlen, statt das Geld jemandem zu geben, der damit in die nächste Kneipe geht.

Jedes Bestechungsgeld bleibt in der Tasche einzelner Personen und geht an der Staatskasse vorbei. Würde das ganze Geld in die Staatskasse fließen, könnten dadurch die Gehälter der Beamten steigen.

Meine Sachbearbeiterin bei der Ausländerbehörde in Freiburg hat sich gewundert, dass der beninische Reisepass nur drei Jahre gültig ist. Ein Schweizer Pass ist zehn Jahre gültig. Ich kann also einen Beniner, der seinen Pass abgibt, um eine andere Staatsbürgerschaft anzunehmen, gut verstehen. Ein Verlust, dessen sich die Staatslenker kaum bewusst sind. Die Bürger sind die erste Ressource eines Landes. Viele Immigranten fliehen vor dem Chaos in ihren eigenen Ländern und bleiben lieber in einem fest strukturierten Land, auch wenn dieses manchmal zu einer strukturierten Hölle wird.

Ich glaube, ich muss Ihnen noch ein Beispiel erzählen.

DIE WISSBEGIERDE

Im Rahmen der deutschen Kulturtage 2008 in Benin hatte die deutsche Botschaft in Cotonou mich beauftragt, einen Vortrag vor den Studierenden der Universität Abomey Calavi (Benin) zu halten. Nach dem Vortrag kam ein junger Mann zu mir und stellte sich vor. Er sei Offizier der togolesischen Armee und träume davon, Bauingenieurwesen zu studieren, er brauche meine Ratschläge. Er sprach fließend Deutsch. Überrascht fragte ich ihn, wo er Deutsch gelernt habe. Er hatte seine Offiziersausbildung in München gemacht. Seine Ausbilder hatten das Weiterstudium empfohlen, aber seine Vorgesetzten in Togo waren nicht damit einverstanden. Nun wollte er aus eigenen Mitteln nach Deutschland zurückkehren, um dort sein Studium fortzusetzen. Er war 28 Jahre alt. Da ich mich nicht in Ruhe mit ihm unterhalten konnte, verabredeten wir uns für einen späteren Tag.

Als Offizier durfte Raoul sich bei der Armee keine Auszeit nehmen, um aus eigener Initiative zu studieren.

Um seinen Traum zu verwirklichen, wollte er seine unwiderrufliche Entlassung erzwingen und gehen. Innerhalb weniger Jahre hatte er als Offizier 18'000 Euro gespart. Ich warf einen Blick auf das Sparbuch und dachte: Mit diesem Vermögen kann er sich schon ein kleines Haus in einem Vorort der Hauptstadt bauen lassen. Ich konnte sehen, wie ehrgeizig er war, denn 18'000 Euro innerhalb weniger Jahre zu sparen, ist keine leichte Übung. Wie viele Normalverdiener können in Europa in so kurzer Zeit 18'000 Euro sparen, angesichts der Lebenshaltungskosten und der Verlockungen der Werbung?

Nun war ich mit einem der Gründe konfrontiert, weshalb junge Frauen und Männer aus der ganzen Welt den Weg nach Europa suchen: der Hunger nach Wissen. Raoul erzählte, wie unzufrieden und traurig er sich in der Armee fühle, wie das System ihm überhaupt nicht gefiele usw.

Liebe Leserin und lieber Leser, haben Sie es schon mal geschafft, eine Verliebte von ihrem Traummann abzuhalten? Ich war in einer ähnlichen Lage. Nach kurzer Überlegung beschloss ich ganz langsam und vorsichtig vorzugehen. Ich war fest entschlossen, ihm von der Reise nach Deutschland abzuraten.

Meine Analysen: Raoul hat ein regelmäßiges Einkommen. Das ist zwar nicht alles, aber ein wichtiger Punkt. Das bedeutet, dass er sich seit vier Jahren keine Sorgen um das Monatsende machen musste. Ohne ein Stipendium geriete er mit Sicherheit in eine prekäre Lage, woran seine Psyche nicht mehr gewöhnt war.

Er konnte in Togo nicht studieren, weil es kein Programm für Menschen gab, die neben dem Beruf studieren wollen. Außerdem sind die Bedingungen wegen der Haltung der Lehrenden nicht unbedingt die besten. Ein

Argument, das eigentlich dafür spricht, nach Deutschland zu reisen.

Er war 28. Ohne Stipendium würde er sicherlich mindestens zwei Jahre länger studieren als seine deutschen Kommilitonen. Er bekäme auch mit Sicherheit einen Abschluss mit einer schlechteren Note; mit einem Alter von ungefähr 36 Jahren wären seine Aussichten auf einen Job sehr schlecht.

Ich verschwieg ihm meine Analyse und versprach ihm zu helfen, indem ich die nötigen Informationen besorgen und ihm schicken würde.

Er hatte mit mir Glück. Da es weder in Europa noch in Afrika Dienststellen gibt, wo die Menschen ehrlich und verantwortungsvoll beraten werden, bieten sich Gelegenheiten für dubiose Gestalten aller Art. Als Raoul mir sein Sparbuch zeigte, hatte ich selbst finanzielle Sorgen in Deutschland. 5'000 Euro von seinem Sparbuch hätten meine Lebensbedingungen zumindest für ein paar Monate verbessert. Ich hätte ihn in einer Hochschule in Deutschland einschreiben können, viele Kosten aufgelistet, das Geld einkassiert und wäre anschließend verschwunden. Das war aber nicht meine Absicht. Wir trennten uns, und ich fuhr einige Tage später nach Deutschland zurück.

Ein Jahr nach unserer Begegnung traf ich Raoul wieder. Er hatte seine deutsche Sprache aufgefrischt, dank meiner Auskünfte hatte er eine Einladung für die Aufnahmeprüfung in München erhalten und sein Flugticket bereits gekauft. Auf dem Sparbuch hatte er trotz seiner Ausgaben 19'500 Euro.

Ich nahm alle Unterlagen entgegen. Das Zimmer im Wohnheim kostete 420 Euro pro Monat und die Krankenversicherung 80 Euro pro Monat. Ich zählte für ihn auf: Falls er die Sprachprüfung nicht besteht, darf er nach dem Gesetz nicht arbeiten, weil für Studienbewerber, die den Deutschkurs besuchen, jede bezahlte Arbeit verboten ist. Folglich sind für die Wohnung und für die Krankenversicherung schon 6'000 Euro weg. Hinzu kommen Kosten wie Studiengebühren, Handy, Laptop, Essen und so weiter. Innerhalb weniger Monate ist sein Geld verbraucht. Er zuckte die Achseln: „Ich tue alles, um die Aufnahmeprüfung zu bestehen, ich werde jobben gehen."

„Das ist nicht leicht", antwortete ich, „du bist hier in Togo ein Befehlsgeber. Du hast schon bestimmte Reflexe. Dein Körper sendet automatisch bestimmte Impulse, die du nicht mehr beeinflussen kannst. Glaubst du, dass jeder dich einstellen kann? Außerdem darfst du nach dem Gesetz nur 90 Tage im Jahr arbeiten."

„Ich kann putzen."

„Lass das. Ein Nicht-Akademiker, der nicht geglaubt hat, dass er jemals in seinem Leben einen Kiosk besitzen würde, wird dich anschreien. Glaubst du, dass du so etwas auf die leichte Schulter nehmen kannst? Und denk' daran, viele Unternehmer in Deutschland haben nicht studiert. Sie werden kaum einen afrikanischen Akademiker als Produktionshelfer einstellen."

„Also, du meinst, ich soll nicht mehr gehen."

„Du musst die Entscheidung selbst treffen. Du kennst Europa schon!"

„Ich will nicht wegen Europa nach Europa. Ich möchte Bauingenieurwesen studieren. Ich sehe, wie schlecht die Menschen bauen, und möchte später mitgestalten."

„Du kannst von mir aus die Reise antreten, dich dort mit anderen ausländischen Studierenden unterhalten und dann eine Entscheidung treffen. Mit deinem Ticket hast du sowieso drei Monate Zeit."

Während er schwieg und mich anschaute, fuhr ich fort: „Mit 19'500 Euro kannst du dir die besten Bücher und Zeitschriften der Welt besorgen und dich autodidaktisch weiterbilden. Du musst nicht selber studieren, du kannst Bauingenieure einstellen und deine Baufirma gründen. Sieh mal, um in Togo eine Gesellschaft mit beschränkter Haftung zu gründen, brauchst du 3'000 Euro. Du hättest noch 16'500 Euro Puffer, um rechtzeitig abzuspringen, falls es nicht läuft, wie du es vorhast."

„Weißt du, was ich jetzt machen werde?", fragt er mich.

„Nein."

„Ich werde mein Wohnzimmer neu einrichten."

„Das ist vernünftig. Du kannst mich während deines nächsten Urlaubs in Braunschweig besuchen. Mit 19'500 Euro auf dem Sparbuch wird dir jeder europäische Konsul ein Visum erteilen."

Wir verabschiedeten uns.

WARUM IST DIE EINWANDERUNG EIN PROBLEM?

In Grunde genommen werden Probleme geschaffen, um einige Menschen zu beschäftigen, zu bereichern oder abzulenken. Der Mensch hat kein Interesse daran, dass es keine Probleme mehr gibt. Es muss Probleme geben, damit wir uns aufregen, Geld verdienen und sonst was erleben. Da liegen wiederum die „Probleme" der Gesellschaften, in denen wir heute leben. Als mein Braunschweiger Apotheker mir zum Jahreswechsel „Gesundheit" wünschte, fand er es nicht lustig, dass ich ihn fragte, ob ich ihm das wirklich glauben solle. Überrascht wollte er wissen, wie ich auf eine solche Frage käme. Er lebe doch von meinen Krankheiten, sagte ich. Ich kaufe Medikamente nur, wenn es mir schlecht geht, warum soll ich ihn ernst nehmen, wenn er mir „Gesundheit" wünscht? Er war beleidigt, aber ich hatte Recht. Er lebte von der Krankheit seiner Kunden und brauchte ihnen deswegen nicht Gesundheit zu wünschen.

Politiker wollen gewählt werden, Sozialarbeiter wollen, dass ihre Projekte weiterhin finanziert werden, Journalisten wollen ihre Zeitungen verkaufen, und alle weisen auf Probleme hin, die selten gelöst werden. Ich traf 2011 in Nordbenin einen Juristen. Als er sich vorstellen wollte, sagte er: „Ich bin auf dem Gebiet der sexuellen Belästigung tätig." Es ist sein Beruf, weil er für eine NGO arbeitet, die sexuelle Belästigung bekämpft. Wie soll dieser Mensch in seinem Jahresbericht schreiben: Wir haben keinen Vorfall zu melden? Er wäre seinen Job los.

RÜCKBLICK

Bis 1994 durften unter anderem Bürger aus Benin, Togo, der Elfenbeinküste, Kenia, Niger und Burkina Faso ohne Visum in die Bundesrepublik Deutschland einreisen und sich drei Monate aufhalten. Es gab nie einen Ansturm von Bürgern dieser Länder, bis 1991 politische Unruhen in Togo stattfanden. Deutschland erklärte sich als Freund der Opposition, nahm einige Führer auf und gab ihnen Asyl. Folglich nahmen die jungen Aktivisten die „Gastfreundschaft" Deutschlands wörtlich und landeten zu Hunderten auf den deutschen Flughäfen. Das Echo dieses Exodus hallte bis in die Nachbarländer.

Wenn man diese Geschichte analysiert, stellt man fest, dass nicht die Durchlässigkeit der Grenzen die Ursache für die Immigration ist, sondern die Informationspolitik in Richtung der Herkunftsländer. Prof. Dr. Mona fordert ein Umdenken in seiner These „Ein Recht auf die Immigration". Die Wirkung dieser These war während seines Vortrags auf den Gesichtern einiger Studierender der Wirtschafts- und Sozialwissenschaftlichen Fakultät der Universität Freiburg zu lesen. Doch was er fordert, ist nichts anderes als eine Regulierung der Immigration. Es soll erlaubt werden, dass jemand an den Toren eines Landes klopft und sich als Bewerber meldet. Wer zur Zeit wünscht, sich in der Schweiz bzw. in Europa niederzulassen, muss zuerst sein Gewissen moralisch auf den Prüfstand stellen lassen.

Panik der Europäer

Seit 1995 findet die Passkontrolle am Pariser Flughafen auf dem Rollfeld oder an den Türen der Flugzeuge statt, wenn ich aus Afrika nach Europa einreise. Das erste Mal, dass ich diese Sonderbehandlung erlebte, war in Brüssel. Die Grenzbeamten nahmen alle schwarzen Menschen zur Seite und führten uns in einen Raum, um dort unsere Pässe zu kontrollieren. Eine Siebzigjährige, die nichts verstand und dachte, dass sie festgenommen sei, fing an zu weinen. Ich fand das panische Verhalten der belgischen Behörden lächerlich, es gibt doch sicherlich andere Methoden, um keine Eindringlinge ins Land zu lassen. Diejenigen, die kommen wollen, finden immer einen Weg.

Im April 2010 wollte ein Richter aus Benin privat in ein westeuropäisches Land reisen. Obwohl er zusätzlich seinen Dienstausweis und seine Lohnbescheinigung im Konsulat vorlegte, bekam er kein Visum. Als das Verfahren sich über drei Monate hinzog, war er so zermürbt, dass er seine Unterlagen zurückforderte.

Einige Wochen später bekam er ein Schreiben derselben europäischen Botschaft auf seinen Tisch, mit der Bitte um Freilassung eines Bürgers aus einem beninischen Gefängnis. Auch der Große kann irgendwann den Kleinen um Hilfe bitten müssen. Dieser Richter ist ein Mensch, man kann sich vorstellen, wie fleißig er sich um den Fall kümmern wird. Darum wundere ich mich über die Naivität mancher europäischer Journalisten, wenn sie sich beschweren, dass Richter oder hohe Amtsträger in arabischen und asiatischen Ländern im Kampf gegen den Terror oder in anderen Fällen, in denen Europa betroffen ist, nicht kooperieren.

Auf dem Campus in Freiburg wurde ich von Schweizern sowie von ausländischen Studierenden wegen der Freiburger Ausländerbehörde angesprochen. Sie erzählten, die Behörde wolle mitbestimmen, welcher ausländische Studienbewerber hier studieren darf und welcher nicht. Ab einem Alter von dreißig Jahren darf in der Regel kein ausländischer Wissenschaftler in Freiburg promovieren, selbst wenn die Fakultät ihn angenommen hat. Gibt es eine Grenze in der Forschung? Wo liegt das Problem, wenn der Studienbewerber finanziell gesichert ist? In diesem Zusammenhang kann man sich über die Reaktion eines Professors aus den USA amüsieren, dessen amerikanischer Doktorand ebenfalls Schwierigkeiten bei der Einreise hatte: Wie kann man einem Amerikaner die Einreise in die Schweiz verweigern? Wir sind doch die Herren der Welt ...

Das Bedauerliche dabei ist, dass die Konsequenzen aus solchen Haltungen sich erst viele Jahre später zeigen werden, wenn die Entscheidungsträger längst nicht mehr an ihren Schreibtischen sitzen.

In einer französischsprachigen Buchhandlung frage ich die Verkäuferin, warum sie nicht Deutsch spricht. Sie lebe doch in Freiburg. Sie ist verlegen und lacht. „Oder gibt es Spannungen zwischen der französischen und der deutschen Schweiz?"

„Nein, mein Freund ist ein Deutschschweizer. Es liegt daran, dass wir in der Schule Hochdeutsch lernen, aber im Alltag wird Schweizerdeutsch gesprochen."

„Jetzt verstehe ich."

Cissé ruft mich gegen Mittag an und schlägt mir vor, mir am Abend einen Mikrokosmos zu zeigen. Er rät mir, vorher nicht zu essen. Skeptisch und weil ich ungern mit leerem Magen ins Bett gehe, gehe ich vorsichtshalber in die Mensa, bevor ich mich auf den Weg zu Beauregard machte. Beim Betreten des Raumes bereue ich auf der Stelle, nicht auf Cissé gehört zu haben. Es duftet nach exotischen Gewürzen, die Tische sind gedeckt und die Stimmung ist fröhlich. Ohne Furcht und Formalitäten werde ich in diesen Club sofort aufgenommen: den Club *La Passerelle*.

Zuerst habe ich den Eindruck, bei einer der unzähligen Organisationen zu sein, die sich um die Integration der Migranten bemühen, selbst jedoch eine Integration in der Gesellschaft brauchen, weil man ausschließlich Menschen begegnet, die sehr nett zu den Ausländern sind, ihnen zeigen wollen, dass man sie lieb hat, aber leider keine Entscheidungsmöglichkeit besitzen und selbst eine Randgruppe bilden. Nein, *La Passerelle* ist bunt und verdient ihren Namen. Der Club ist eine Brücke zwischen den

Ausländern, die in die Schweiz kommen, und den Schweizern, die aus dem Ausland zurückkehren. Er ist ein Treffpunkt, wo die Menschen genau wissen, was es heißt, ein Ausländer zu sein. Die Gäste kommen aus unterschiedlichen Milieus und sind unterschiedlichen Alters; von Kindern, die ihre Mütter noch mit einer Schwangerschaft beschäftigen, bis zu Älteren, die nur noch mit dem Stock aufrecht stehen können.

La Passerelle leistet unter anderem psychologische Hilfe für Immigrantinnen und Immigranten, die neu in Freiburg sind, und begleitet andere bei Integrationsmaßnahmen, Computer- und Sprachkursen usw. Höhepunkt ist der Donnerstagabend, an dem verschiedene Freiburger sich melden, um ein typisches Gericht aus der Gegend oder aus dem Ausland zu kochen. Heute hat eine Rumänin gekocht ... Ich weiß nicht mehr, wie das Gericht hieß, auf alle Fälle hat es geschmeckt. Die Köchin meint, andere Rumänen kochten es mit Kartoffeln, sie habe es lieber mit Nudeln gekocht.

Nachdem alle gegessen, Kaffee oder Tee getrunken haben, läuft Kossi mit einer Kasse herum und sammelt Geld. Dabei ruft Joël, der Leiter der Einrichtung: „Bitte denkt daran, gebt so viel, dass wir mindestens die Kosten für die Einkäufe decken können. Wenn ich am Jahresende mit den Verantwortlichen der Stadt verhandle, zeige ich ihnen damit, dass ihr Interesse an dieser Institution habt."

Die Lehrkräfte und Assistenten des Instituts für Ökumenische Studien versammeln sich zum Mittagessen in der Mensa. Es ist ein Ritual, das jede Woche stattfindet. Die Wirtschaft in der Dritten Welt kommt ins Gespräch. Ein Dozent sagt: „Man sollte vielleicht den südlichen Ländern ihre Erzeugnis zu fairen Preis abnehmen."

„Eine wirtschaftsfremde Aussage", sage ich, „ich gehe zum Bäcker, um Brot zu kaufen. Seine Verkäuferinnen verspäten sich wegen eines Verkehrsstaus. Der Bäcker muss mit seinem von Mehl und vom Ofen verschmutzten Kittel das Brot selbst verkaufen. Nebenbei kommen wir ins Gespräch, und er beschwert sich über die steigenden Energiekosten. Ich schaue ihn an und bekomme Mitleid, er verlangt vier Franken für das Brot, ich sage: Nein, ich muss Ihnen gegenüber fair sein, ich kaufe das Brot für acht Franken. Der Bäcker wird denken: Der ist doch verrückt, der Kerl!"

In den 1990er Jahren schlossen die US-Amerikaner im Rahmen ihrer Expansion nach Afrika mit einigen afrikanischen Ländern bevorzugte Handelsabkommen, um zollfrei nach Amerika exportieren zu können. Viel hatten die afrikanischen Länder nicht anzubieten. Sie müssen erst mal produzieren.

Nachmittags entdecke ich *Nouveau Monde*, ein anderes Kulturzentrum mit eigener Kultur im Gebäude des alten Bahnhofs von Freiburg. Die Gäste sind eine Mischung aus gut gekleideten Hippies und Menschen, die wie erfolglose Künstler aussehen. Ich schaue mir das Programm an und beschließe auf eine Veranstaltung über Autisten zu gehen. Eine sehr wissenschaftliche Veranstaltung, in der mir etwas auffällt. Man spricht von der Integration der

Autisten in der Gesellschaft und von der Notwendigkeit, sie in einer ganz normalen Umgebung aufwachsen zu lassen. Die anderen Kinder fänden schon einen geeigneten Umgang mit ihnen. Dann kommt die Rede auf die Rolle der Politiker, und jemand sagt: „Ein Politiker, der in seiner Kindheit mit autistischen Kindern in Berührung stand, wird eine Sensibilität für sie entwickeln." Ich finde die Parallele zu den Ausländern faszinierend.

18. März. Notizen

In meiner Suche nach Gesprächspartnern habe ich nicht nur Erfolge. Ein Annäherungsversuch mit einem mexikanischen Studenten ist gescheitert. Er hat sich sehr gut mit mir in der Mensa unterhalten, wir haben Adressen ausgetauscht, und ich habe ihm ein Exemplar meines Buches „Airbags gegen die Fremdenfeindlichkeit" geschenkt. Vielleicht hat ihm die Lektüre nicht gefallen, auf alle Fälle reagiert er heute auf mein breites Lächeln mit einem knappen „Hallo" und läuft an mir vorbei. Kurz danach begegne bin ich dem Tessiner Pedro. Ich habe ihn einen Tag zuvor im *Café Mondial* kennengelernt. An diesem Tag hatte er eine Vorlesung, nun scheint er Zeit zu haben. Ich kann eine Frage los werden, die mir seit Tagen auf der Zunge liegt. „Was tragen die ausländischen Studierenden zu der Gesellschaft bei, in der sie studieren?"

„Lass uns einen Kaffee trinken, dann können wir in Ruhe reden." Ich zögere kurz. Habe ich noch genug Geld? Ich muss den Jungen doch wenigstens auf einen Kaffee einladen, wenn ich ihn befragen möchte. Angesichts des teuren Lebens hier in Freiburg muss ich ständig auf die Löcher in meiner Tasche achten. „Ja", sage ich, „komm!"

In seinem Dorf im Tessin hat Pedro als Junge nicht viel von der Welt gesehen. Über die Welt zu lesen ist nicht dasselbe wie eine Reise durch die Welt. Er hat etliche ausländische Kommilitonen auf dem Campus kennengelernt und in Gesprächen und Diskussionen viel erfahren. Nun hat er selbst in Amerika ein Auslandssemester verbracht und kennt jetzt die Mentalität der Kalifornier. Wenn er irgendwann nach dem Studium für einen Arbeitgeber Verhandlungen mit kalifornischen Politikern oder Geschäftspartnern führen soll, wird er sich unbefangen verhalten. Mit Afrikanern hat er keine Berührungsangst mehr. Die französischen Schweizer und die Deutschschweizer hat er erst in Freiburg kennengelernt. Sie wissen nicht viel voneinander.

Meine Frage stelle ich einige Stunden später der fröhlichen Leiterin eines Wohnheims. Sie atmet einmal tief und antwortet: „Ihr Wissen. Die ausländischen Studierenden vermitteln der hiesigen Gesellschaft ihr Wissen." „Warum sagen Sie das?"

Sie kennt einen jungen Ivorer, der vor fünf Jahren seine Doktorarbeit in Freiburg geschrieben hat und in seine Heimat zurückgekehrt ist. Mittlerweile hat sein Doktorvater ihn schon zwei Mal für Forschungsprojekte nach Freiburg eingeladen. Wäre der Doktorvater nicht an seinem Wissen interessiert gewesen, hätte er ihn nicht so oft für Aufenthalte eingeladen, die bis zu sechs Monaten gedauert haben.

Was sagt die studentische Vertretung dazu? Ein Mitglied des Komitees der Studierendenschaft findet, dass die Attraktivität einer Hochschule selbst für die einheimischen Studierenden viel von ihrer Internationalität abhängt. Aber genau dies scheint die Politik zu verhindern. Eine unheilvolle Allianz: Die öffentliche Meinung zeigt sich besorgt über eine kulturelle Überfremdung. Die Universitäten finden ausländische Studierende nicht attraktiv, weil sie weniger Subventionen von der Bundesverwaltung und von den Kantonen einbringen. Und die Ausländerbehörde kopiert fleißig das Entscheidungsformular „Gemäß unserer restriktiven Praxis ...“. Die Einschreibebestätigung der Universität ändert daran nichts. Eine Rücksprache mit den zuständigen akademischen Instanzen findet nicht statt.

Vielleicht gibt es auch hier eine verborgene Kehrseite? Ein Studienabsolvent der Universität Zürich wagt es in der NZZ zu schreiben: „Viele Schweizer wollen nicht“. Der Weg der akademischen Qualifikation ist mühsam. Die Privatwirtschaft lockt mit attraktiven Löhnen. Vielleicht gibt es also den Schweizer Studenten gar nicht, dem der ausländische Bewerber angeblich den Studienplatz streitig macht?

21. März. Notizen

Im Rahmen der Freiburger Filmtage sehe ich mir den Film „Mariage Tardif“ des georgischen Regisseurs Sakartvelo an, in dem die aus Georgien nach Israel ausgewanderten Eltern des Hauptdarstellers darauf bestehen, dass er keine Israeli marokkanischer Abstammung heiratet, sondern eine Frau aus Georgien, die sie für ihn ausgesucht haben. Morddrohungen, Beleidigungen und Tränen folgen. Die Zwangstrennung folgt der Zwangsehe. Ich sehe: In einem Land, in dem die Frauen nicht frei und glücklich sein sollen, können die Männer auch nicht frei und glücklich sein. Die Komplexität des Menschen wird in diesem Film gut dargestellt. Man geht in die Fremde, man will unbedingt in der Fremde bleiben, vielleicht war die

Heimat sogar unbeliebt, aber nun angekommen, will man die Heimat in der Fremde wiederherstellen. Da frage ich mich: Warum nicht beim Original bleiben?

23. März. Notizen

Der Schweizerische Studentenverein hat zu einer Podiumsdiskussion geladen. Es geht um Hochschulpolitik. Wer regiert die Universitäten? Ich erhoffe mir eine Antwort auf meine Frage, die ich noch anders formulieren könnte: Welchen Stellenwert haben die Ausländer in der Hochschulpolitik?

Nun entdecke ich hier eine ganz andere Gruppe von Studentinnen und Studenten. Alle sind im Anzug und mit roter Mütze auf dem Kopf erschienen. Man hätte glauben können, dass jeder vor der Tür als Eintrittskarte ein Dosenbier in die Hand bekommen hat. In dem Saal sitzen außer mir nur noch zwei weitere, von denen ich annehme, dass sie nicht Mitglied sind.

Es ist verwunderlich, dass in der Zeit der weltweiten Vernetzung, der Facebook-Freundschaften, die Welt wie ein Mosaik aussieht. Ich habe inzwischen verschiedene Typen von Freiburger Studierenden kennengelernt: der *Centre-Fries*-Gänger, der im-Wohnheim-hausende Stipendiat, die im-*Nouveau-Monde*-grölenden Spätstudentinnen und -Studenten, nun die Mitglieder des Schweizerischen Studentenvereins. Jeder für sich und alle für die Welt.

Um Gottes Willen, sagt die Staatsrätin, Madame Chassot, die Politik will keineswegs das Kommando in den Hochschulen übernehmen, die Autonomie bleibt anerkannt. Aber natürlich kann die Politik nicht untätig bleiben, wenn die akademische Welt sich gegen den gesellschaftlichen Konsens richtet, wenn zum Beispiel ein Professor sexistische Forschung betreiben will oder Völkermorde leugnet – ansonsten ist die Wissenschaft frei. Der Rektor erklärt, die Hochschule sei der Gesellschaft Rechenschaft schuldig, weil sie eine öffentliche Institution sei und die Pflicht habe, ihre Ergebnisse zu kommunizieren.

Offenbar stehen die Studierenden auf Kriegsfuß mit dem Vertreter von *Economie Suisse*, der grob in zwei Richtungen argumentiert: Erstens solle die Zahl der ausländischen Studierenden reduziert werden. Deshalb verlangen manche Universitäten von ausländischen Studierenden bis zu 50% mehr Gebühren als von Schweizern. Zweitens müssten auch die Gebühren für die schweizerischen Studenten erhöht werden.

Die Staatsrätin ist gegen die Einrichtung von Elite-Hochschulen, die Abschlüsse der Schweizer Hochschulen seien im Moment alle gleichwertig. In Amerika gibt es Harvard, Yale, Princeton einerseits – und die anderen, die zum Teil ein Wissen zweiter Klasse liefern. Das wünsche sie sich nicht für die Schweiz.

Die Studis argumentieren: Ihre Finanzen seien ohnehin knapp, und 80% von ihnen müssten arbeiten, um ihr Studium fortsetzen zu können.

„Man kann doch einen Kredit aufnehmen, um zu studieren", entgegnet der Vertreter von *Economie Suisse*.

Hier handelt es sich um ein wirtschaftliches Phänomen. Nie hat ein Volk Steuererhöhungen begrüßt. Nie werden die Kunden mit einer Preiserhöhung einverstanden sein, und nie werden die Studenten und Studentinnen mit einer Erhöhung ihrer Gebühren glücklich werden. Aber die Frage, um die es geht, ist die Frage der Gleichheit in der Gesellschaft. In meinem BWL-Studium war das Fremdkapital ganz selbstverständlich in die Berechnungen einbezogen. Zinsen und Co. wurden ohne weiteres eingerechnet. Als ich in der realen Wirtschaft auf Kapitalsuche ging, gab es niemanden, der bereit war, mir einen Cent zu leihen.

Die Gesetze werden schön verabschiedet, die Studis können Bildungskredite beantragen. Aber was ist mit demjenigen, der eine Absage bekommt? Reformen sind wie eine schöne Landschaft. Unsichtbar sind die Insekten, die Parasiten, die Spinnen, die Schlangen, die Löcher und alles das, was uns viel Mühe kosten wird, bis wir den nächsten Weizen ernten können. Werden alle nach ihrem Studium einen gut bezahlten Job finden, um den Kredit zurückzuzahlen? Wie ist es, wenn jemand lieber in einem anderen Land arbeiten möchte, wo die Währung schwächer ist als der Schweizer Franken?

Mag sein, dass diese Fragen in der Schweiz beantwortet werden. Wenn ich an Deutschland denke, so haben die Politiker, die Studiengebühren einführen, meistens ohne Studiengebühren studiert. Sie schaffen es, die Argumente so zu verkaufen, dass die Gesellschaft mitmacht.

Harvard, Yale und die anderen Elite-Universitäten, alles Top-Hochschulen. Trotzdem wurden viele Unternehmen, die die jüngste Finanzkrise verursacht haben, von Absolventen dieser Hochschule geleitet. Und die Medien pflegen diese Tatsache zu übersehen.

25. März. Notizen

Ich sitze in der Mensa des Foyer St. Justin und unterhalte mich mit einem türkischen, vier west-afrikanischen und zwei libanesischen Studenten. An den Ausgang des Gesprächs erinnere ich mich nicht mehr. Auf alle Fälle geht es plötzlich um Rassismus. Ich sage: „Die Schwarzen machen sich zu viel Stress wegen des Rassismus."

46

„Was willst du damit sagen?", fragt ein Westafrikaner. Der Ton und die Aggressivität in seiner Stimme zeigen mir, dass er völlig entsetzt über meine Aussage ist.

„Ja, die Afrikaner sind viel zu empfindlich."

Mit meiner Erklärung ist keiner zufrieden. So höre ich zwei oder drei Stimmen auf einmal: „Wir verstehen dich nicht. Sei mal deutlich."

„Wenn ich mich auf der Straße befinde und ‚Scheiß Nigger' höre, werde ich nicht darauf reagieren."

„Was?", ich höre eine Empörung und fahre fort: „Es hängt von der Person ab, wenn sie armselig aussieht, werde ich sie einfach ignorieren und weiterlaufen."

„Ich würde ihn auf der Stelle verprügeln. Es hat nichts mit Temperament zu tun, ich werde ihm eine verpassen, bevor ich realisiere, dass ich ihn hätte anzeigen sollen."

„Und hätte dir das etwas gebracht?"

„Das ist egal, wer mich angreift, muss sofort eins verpasst kriegen."

Der Libanese spricht mich an: „Ich verstehe, du bist ein Intellektueller und kannst dich beherrschen. Ich finde, man muss Zeichen setzen."

„Ich lehne das nicht ab", sage ich, „aber die Frage ist: bei wem? Einen Professor oder eine Persönlichkeit könnt ihr anzeigen. Aber einen von der Straße? Ich bitte euch!"

„Niemand darf zu mir ‚Nigger' sagen, ich mache ihn fertig", sagt ein anderer, „weißt du, dass solche Beschimpfungen sogar gesetzlich verboten sind? Ich zeige ihn an. Basta."

„Mensch, ihr müsst euch überlegen, ob es das wert ist."

Der Student aus der Türkei: „Doch, das ist eine Frage der Ehre."

„Hört zu. Eine aus Ägypten stammende Apothekerin hat in Dresden einen jungen Verwahrlosten angezeigt, der sie als Islamistin beschimpft hatte. Er hat eine Geldstrafe von 800 Euro bekommen. Während der Verhandlung hat er die Frau im Gerichtssaal mit einem Messer in den Bauch gestochen. Sie ist an den Folgen der Attacke gestorben. Was für eine Tragödie! Musste das sein?"

„Doch. Das war ihr Schicksal" erwidert der Libanese, „man darf solche Entgleisungen nicht durchgehen lassen."

„Wisst ihr, ihr habt studiert und müsst eigentlich schon wissen, dass der Mensch gerne Seinesgleichen unterdrückt. Solche Irritationen der Schwarzen haben mit der Sklaverei zu tun. Aber ähnlich grauenvolle Taten haben in fast allen Gesellschaften stattgefunden. Der einzige Unterschied zu den Schwarzen ist, dass die Spuren bis heute sichtbar sind, während die Opfer von Leibeigenschaft oder anderen Versklavungen nicht eindeutig erkennbar sind. Ihr seid unter Stress, das müsst ihr vermeiden. Der Stolz ist eine Krankheit für die Schwachen."

Nach meiner Erklärung verstummen alle am Tisch. Ich fühle mich unwohl, esse auf und gehe wieder in meine Unterkunft. Ich berichte meinen Mitbewohnern von dem Vorfall in der Mensa, einem rumänischen Ehepaar und einer ukrainischen Frau. Prompt entgegnet die Ukrainerin: „Du hast Recht, Diskriminierung und Rassismus haben nichts mit der Hautfarbe zu tun. Ich habe vier Jahre in Moskau gelebt, es war furchtbar. Ich konnte die rassistische Behandlung nicht ertragen. Ich bin in die Ukraine zurückgegangen."

Meiner Meinung nach geht es den Menschen nicht gut, weil alle auf dem Gipfel des Opferbergs stehen wollen und dabei unten nach mitleidigen Gesichtern suchen. Obwohl ich solche Gespräche relativ souverän führe, bin ich an dem Abend niedergeschlagen ins Bett gegangen.

Am nächsten Tag fahre ich mit dem Zug nach Braunschweig. In Bern steige ich um. In meinen Waggon ist eine Gruppe von Maturanden, die auf dem Weg nach Berlin sind. Wie in solchen Fällen üblich, necken sich die Jungen und Mädchen gegenseitig. Ein junger Mann sagt etwas zu seiner Freundin, die gleich antwortet: „Das sagst du, weil ich schwarzhaarig bin." In demselben Moment geht eine schwarzhäutige Frau vorbei. Aus dem Gespräch hört sie das Wort „schwarz" und hält prompt inne. Sie blickt die beiden an und faucht: „Idioten!"

Die beiden unterhalten sich weiter und haben die Frau überhaupt nicht wahrgenommen.

„Was für ein Stress!", denke ich, „das ist doch nicht gesund, dauernd unter solchen Anspannungen zu leben."

DIE GLOBALE WELT

Damit man den Kontext versteht, in dem Studierende heute leben, ziehe ich einen kleinen Vergleich zwischen den Ländern im Norden und denen im Süden.

DER NORDEN

Unter die Länder des Nordens fallen in diesem Buch Länder wie die Schweiz, Frankreich, Deutschland, Skandinavien, die Nordamerikanischen Staaten, grob die Länder des ehemaligen Westblocks. Da ich mich besser mit Deutschland auskenne, beziehe ich mich auf dieses Land stellvertretend für alle anderen aus dem Norden:

Die GESELLSCHAFT ist weitgehend klar strukturiert. Die Verwaltung funktioniert mit Regeln, die allen bekannt sind. Auch, wenn die Bürger sich schikaniert fühlen, die Regeln sind klar.

Das GESUNDHEITSWESEN läuft ähnlich wie bei der Verwaltung. Der Tod ist nicht die unmittelbare Folge, sobald man krank wird. Die WIRTSCHAFT ist stark und kontrolliert beinahe die Politik. Oft verlassen Politiker die Politik, um Stellen in der Wirtschaft zu besetzen. Die WISSENSCHAFT ist im Alltag präsent und sorgt dafür, dass der Mensch möglichst bequem lebt, wenn er den Preis dafür zahlen kann.

Einfaches Beispiel: Die Warteschleifen vor den Schaltern in den Banken, Verwaltungen oder Einkaufszentren. Früher (geschätzt bis 1997) gab es vor jedem Schalter eine Schlange. Der Kunde hatte Stress und fragte sich ständig, in welcher Schlange es am schnellsten vorwärts ginge, und er wechselte von einer in die nächste, sobald er in seiner Schlange einen Rückstau spürte. Heute gibt es häufig eine Hauptschlange, der Kunde wartet vor einer Linie auf den nächsten freien Schalter. Eine Aufgabe, der sich das Fach Logistik in der Betriebswirtschaftlehre widmet.

Komplexes Beispiel: die dynamischen Preise bei Reise- und Telefongesellschaften, die dank der Mathematik billige Angebote machen, wenn der Kunde auf bestimmte Ansprüche verzichtet. So können manche in Berlin leben und dank billiger Flugpreise am Wochenende ihre Freundin in London besuchen.

Der STAAT ist stark, und seine Gnade ist mit Elementen wie Strafzettel für Falschparken, Radarsysteme, Steuern usw. spürbar. Die JUSTIZ ist allgegenwärtig, aber das Gesetz ist unpersönlich. Die Disziplin wird nicht nur mit der Polizei und durch Verbote erreicht, sondern auch mit Institutionen wie Versicherungsgesellschaften.

Zu Semesterbeginn im Jahr 1995 teilte die Betreuerin des Instituts für Chemie der TU Braunschweig den Studierenden mit, dass das Labor von 8 bis 17 Uhr versichert sei. Findet ein Unfall außerhalb dieses Zeitraums statt, haftet die Versicherung nicht. Obwohl es keine Aufsicht gab und niemand kam, um die Tür abzuschließen, haben die Studierenden nur in der Zeit von 8 Uhr bis 17 Uhr gearbeitet. Diese Tatsache führte manchmal zu absurden Situationen. Eine Bekannte in Deutschland hatte im Internet eine riesige Kühltruhe für ihre Gaststätte bestellt. Drei Wochen später kam die Lieferung. Der Fahrer stellte die Anlage auf den Gehweg und weigerte sich, sie ins Haus zu tragen. Die Versicherung werde nicht zahlen, falls er beim Tragen einen Schaden verursache, gab er als Begründung an.

Das ERZIEHUNGSWESEN: Der Staat reglementiert die Bildung der Bürger zu fast 100%. Er bestimmt den Inhalt der Lehrstoffe für öffentliche sowie private Lehranstalten und selbst für die handwerkliche Ausbildung. Es besteht Schulpflicht, alle Kinder müssen in die Schule.

DER SÜDEN

Unter die Länder des Südens fallen in diesem Buch überwiegend afrikanische, insbesondere westafrikanische Länder wie Benin, Togo, Nigeria und Ghana. Es sind die Länder, die ich bereist habe und die ich kenne. Es ist möglich, die Erkenntnisse auf andere Länder der Dritten Welt auszudehnen.

Die GESELLSCHAFT ist weitgehend undurchsichtig. Die Verwaltung funktioniert oft willkürlich, je nach Laune der Beamten, die eigentlich das Gesetz verkörpern sollten. Es gehört dazu, seine Mitmenschen spüren zu lassen, dass man eine stärkere Position inne hat. Das geht vom Gärtner bis hinauf zur obersten Etage.

Der STAAT existiert nicht als funktionsfähiges Gesamtgebilde, und er erzielt seine Anerkennung, indem er die Bürger schikaniert. Er ist eine Kuh, die alle Bürger melken möchten, ohne sich zu fragen, woher das Futtergras kommen soll.

Das ERZIEHUNGSWESEN: Der Staat kontrolliert nur das klassische Bildungssystem, wie im Norden. Es besteht keine Schulpflicht. Neben dem klassischen System existiert das traditionelle Bildungssystem, das mehr als die Hälfte der „Ausbildungsplätze" stellt. Das traditionelle System sieht so aus: Die Jugendlichen werden als Kind oder Teenager einem Meister übergeben, der über sie die volle Verfügung hat und sie beliebig ausbeuten kann, bis sie seiner Meinung nach ausgelernt haben. Daraus geht der größte Teil der Handwerker und Geschäftsleute hervor. Ehemalige Schüler des klassischen Systems, die dort gescheitert sind, wählen sehr oft diesen Weg.

Die Beniner unterscheiden zwischen intellektuell *(lettré)*, halb-intellektuell *(demi-lettré)* und nicht-intellektuell. Die Intellektuellen sind diejenigen, die mindestens das Abitur haben und fließend lesen und schreiben können. Hier liegt eines der größten Missverständnisse im Bezug auf Europa. Weil 95% der Europäer lesen und schreiben können, gehen die Afrikaner davon aus, dass alle Europäer Intellektuelle sind, begegnen ihnen mit viel Komplexen und Respekt und sind sehr empfindlich, sobald ein Europäer Unfug erzählt.

Halb-Intellektuelle sind die, die es bis zur sechsten bzw. zehnten Klasse geschafft haben. Danach scheiden sie aus, um einen Beruf zu erlernen oder um Geschäfte zu betreiben.

Auf meine Unterlagen für die Einstellung an der Universität Freiburg schrieb eine Mitarbeiterin der Personalabteilung in der Spalte für meine Staatsangehörigkeit: afrikanisch. Das ist der typische Fehler einer Halb-Intellektuellen. Es gibt keine afrikanische Staatsangehörigkeit, ebenso wenig wie eine europäische.

Die Nicht-Intellektuellen sind eigentlich Analphabeten. Im Gegensatz zu dem, was man in Europa hört, sind die Analphabeten nicht dumm. Sie scheinen heute besser im Leben weiterzukommen als die Intellektuellen. Mit den Halb-Intellektuellen bestimmen sie praktisch den Alltag und kontrollieren die Wirtschaft. Die Straße hat die Übermacht über das Büro gewonnen.

Gefährlicher als die Analphabeten sind Intellektuelle, die nach ihrer Ausbildung nicht mehr lesen. Sie vertreten einen Wissenstand, der manchmal überholt ist. Davon haben wir viele im Süden, weil sie einerseits davon ausgehen, dass sie ausgelernt haben, und weil andererseits Literatur und Fachzeitschriften nicht leicht zugänglich sind, zu teuer. Internet ist heute vorhanden, aber wir wissen, aus dem Internet allein kann man sich nicht weiterbilden.

GESUNDHEITSWESEN: Wer nicht bezahlt, wird nicht behandelt. Die Krankenversicherung ist nicht selbstverständlich.

Die WIRTSCHAFT ist schwach. Die POLITIK ist fast der einzige Weg, um sich zu bereichern, deswegen wird die Wahl äußerst erbittert umkämpft. 80% der Wirtschaft gehören dem informellen Sektor an, eine parallele Wirtschaft zu der klassischen Wirtschaft, Steuern werden kaum erhoben. Der informelle Sektor folgt seinen eigenen Regeln und ist nicht klar strukturiert. Ein Grund für die herrschende Korruption in den Ländern liegt darin, dass die Staatsbeamten gezwungen sind, diese Geschäftsleute abzuzocken oder sich von ihnen kaufen zu lassen. Sie haben nicht geschafft, die Masse an Geldern und Steuern, die an der Staatskasse vorbeigehen, irgendwie einzutreiben. Aus diesem Grund bleiben die Löhne niedrig und die Infrastrukturen mangelhaft. Zum informellen Sektor gehören die größten Importeure, die Handwerker und der Mittelstand.

Die WISSENSCHAFT ist im Alltag kaum präsent. Während ich dieses Buch verfasse, bereitet die Zahlung der Stromrechnung den Beninern große Probleme. Sie müssen sich jeden Monat stundenlang an den Kassen der Wasser- und Stromgesellschaften anstellen, und dies seit Jahrzehnten. Berufstätige müssen oft einen Boten suchen, der für sie die Aufgabe übernimmt, obwohl die Energieversorger anhand von Statistiken, Verkauf von Gutscheinen, Überweisungen usw. die Bezahlung für ihre Kunden bequemer gestalten könnten.

Lösungen werden oft nur von außen erwartet. Dabei fällt mir die Geschichte vom Schweizer Monsieur Urs in Kpalime (Togo) ein. Man kann darin auch den Beitrag eines Einwanderers zur Gesellschaft sehen. Die Stadt, in der Monsieur Urs sich niedergelassen hat, liegt im Zentrum des Landes. Dort gründete er eine Ausbildungswerkstatt für junge Techniker und war bei der Bevölkerung sehr beliebt.

Sein Ruf stieg sprunghaft, als er eine Lösung für ein fortdauerndes Problem fand, obwohl viele Togolesen aus Kpalime als Bau- und Maschinenbauingenieure ausgebildet waren. In der Regenzeit machte ein Flüsschen eine Hauptstraße unpassierbar. Die Fußgänger mussten einen Umweg in Kauf nehmen, wenn sie in die Stadtmitte wollten. Urs kam auf eine einfache Idee, er schnitt Tore in die geschlossenen Seiten eines Schiffscontainers und machte daraus einen Übergang, den er auf den Bach legte. Die isolierten Bewohner bekamen eine Brücke und freuten sich.

DER OSTEN

Unter die Länder des Ostens fallen überwiegend Länder des ehemaligen Ostblocks. Sie sind so wie die Länder des Südens, nur dass sie über ein besseres Industrienetz verfügen. Ich kann im Moment nichts über die Bildung und das Gesundheitswesen schreiben. Vielleicht ein anderes Mal.

DIE ENTSCHEIDUNGSTRÄGER

Die Entscheidungsträger spielen eine wichtige Rolle bei der Frage der Migration. Kriege werden durch sie ausgelöst, Abkommen, die die Mobilität der Bürger bestimmen usw. Das Verhalten eines Politikers im Parlament hängt von seiner Sensibilität für diese Themen ab, das geht von einfachen Vorurteilen bis zu Erfahrungen, die er mit den Immigranten gemacht hat.

Im Frühjahr 2011 war ich in Dortmund mit einer türkischen Professorin unterwegs, die in Ankara lehrte. Am Abend beschlossen wir in der Innenstadt essen zu gehen. Während ich nach einem Restaurant suchte, wo kein Schweinefleisch angeboten wurde, rief sie auf Englisch: „Ich habe Lust auf deutsches Essen. Ich möchte Bratwurst probieren!" Also suchte ich ein deutsches Restaurant aus.

Unser Verhalten im Bezug auf eine fremde Person hängt von den Grundinformationen ab, die wir über sie haben. So werden die Schweizer Abgeordneten sich anders verhalten während einer Abstimmung, bei der es um Japan geht, als bei einer Abstimmung über Bangladesch.

Entscheidungsträger aus dem Süden

Im Januar 2010 hatte ich einen Termin mit einem westafrikanischen Würdenträger. Er hatte von mir gehört, daraufhin im Internet nach meinen Kontaktdaten gesucht und mich dann angerufen. Ich war glücklich, denn bis zu diesem Zeitpunkt kannten mich nur deutsche Institutionen, wie die deutsche Botschaft in Benin, der Deutsche Akademische Austauschdienst, einige Goethe-Institute, Universitäten, usw. Es gab auch keine Gelegenheit, weil ich ein deutschsprachiger Schriftsteller bin. Nicht mal meine Eltern wissen über meine Aktivitäten in Deutschland Bescheid.

Nun nahm ich den Zug und fuhr in eine andere deutsche Großstadt. In dem Hotel, in dem er logierte, angekommen, erzählte diese Persönlichkeit mir, er sei stolz auf mich, und dies und das. Ich hörte zu und fragte mich die ganze Zeit, was er von mir wollte. Ich hatte auch eine Bitte in der Tasche. Zwei Jahre zuvor hatte ich vergeblich versucht, in Benin und einigen Ländern Westafrikas eine passende Stelle zu finden. Ich hätte mich sehr über die Frage gefreut, ob ich bereit sei, eine Aufgabe in seinem Land zu übernehmen.

Mein Problem bis zu diesem Zeitpunkt war, dass ich keine Übergangslösung für eine endgültige Rückkehr in die Heimat gefunden hatte. Im Laufe der Jahre hatte ich dort kein Netzwerk aufgebaut und viele Freunde aus dem Auge verloren. Egal, welches Angebot auch immer er mir gemacht hätte, ich wäre bereit gewesen, Deutschland zu verlassen, denn ich war in einer sehr prekären Lage.

Nach einer halben Stunde nahm das Gespräch einen anderen Verlauf. Die westafrikanische Persönlichkeit erkannte nicht, dass der geistige Reichtum genauso wichtig ist wie der finanzielle. Er schlug mir vor, meinen Bekanntheitsgrad zu nutzen, um mehr Deutsche zu gewinnen, die sich auf den Weg machen und Schulen und Brunnen in seinem Land bauen.

„Brauchen wir noch Schulen in Westafrika?", fragte ich, „meiner Meinung nach brauchen wir Kapital und ein gutes Investitionsklima. Sagen Sie doch den Europäern, dass sie afrikanischen Geschäftsleuten und Wissenschaftlern Visa geben sollen. Damit können wir Afrika aufbauen. Die mickrigen Spenden, die hier und da gesammelt werden, bewirken nichts und haben bislang wenig geholfen."

„Glauben Sie nicht, dass wir in Afrika Schulen brauchen?"

„Wir brauchen keine zusätzlichen Schulen. Wir brauchen das, was nach der Schule kommt. Kapital, Kredite und gute Bedingungen, damit die Ausgebildeten tätig werden können."

„Glauben Sie denn nicht, dass wir Hilfe aus Europa brauchen?"

„Nein."

„Wieso nicht? Man kann sich doch nicht allein helfen. Selbst die Europäer konnten erst mit dem Marschall-Plan auf die Beine kommen."

„Erlauben Sie mir, Ihnen zu sagen, dass der Marschall-Plan auf einen Nährboden aus klugen Köpfen und kaputten Fabriken traf. Das Wissen, das Ihre Regierung nicht wertschätzt, indem sie kein aktives Rückkehrprogramm für Absolventen anbietet, war entscheidend. Wissen Sie nicht, wie viele Wissenschaftler aus Deutschland abgezogen wurden, um für verschiedenen Programme der amerikanischen Regierung zu arbeiten?"

„Was Sie da erzählen, ist wahr. Aber ohne die Hilfe der Europäer können wir nichts."

„Wissen Sie, ich war in einem Dorf in Deutschland. Zufällig wohnte ich einer Veranstaltung bei, auf der Geld für einen Brunnen in Benin eingesammelt wurde. Die Veranstalter erzählten von der Armut in Benin, sie sagten nicht, dass zu diesem Zeitpunkt unzählige Ingenieure in Benin den Brunnen hätten bauen können. Als die Missionare die ersten Schulen in Afrika bauten, hatten sie einen Plan und wussten, wofür sie die Menschen ausbildeten. Heute frage ich mich nach dem Grund. Ich bin ausgebildet, seit Jahren suche ich nach einer Möglichkeit, mich zu betätigen. In Deutschland werde ich per Gesetz daran gehindert, und in Benin laufe ich nur gegen Wände."

Stille.

Ich bedauerte innerlich die Wende, die das Gespräch genommen hatte. Ich wusste, dass er mich nie wieder einladen würde. Nach einigen Sekunden, nicht mal einer geschätzten Minute stand er auf und brachte mich zu Tür.

Die Menschen haben ein kurzes Gedächtnis. Was dieser Würdeträger vergessen hatte, sind die alten Bemühungen, die unternommen wurden, um ein Land wie Benin, zum Beispiel, zu entwickeln. Ich war Zeuge, wie in den 70er und 80er Jahren die Regierung um den damaligen Präsidenten Kerekou massenhaft die beninischen Jugendlichen in die Schulen trieb. Mein Vater war Schulleiter in einem Dorf im Süden des Landes. Das Motto der Regierung lautete: Das Dorf oder das Viertel, das vier Wände errichtet hat, hat Anspruch auf einen Lehrer von der Regierung. Aufgrund des Lehrermangels wurden zuerst Abgänger der elften Klasse, die sich bewarben, als Grundschullehrer ausgebildet. Dann, als der Mangel immer noch nicht behoben war, mussten bis 1984 alle Abiturienten ein Jahr in den Schulen unterrichten. Nach dem Regierungswechsel im Jahr 1991 wurde der damaligen Regierung vorgeworfen, dass sie zu viele Akademiker ausgebildet habe.

ENTSCHEIDUNGSTRÄGER AUS DEM NORDEN

Was die europäischen Politiker und Entscheidungsträger über die Länder des Südens denken und sagen, wissen Sie aus den Medien. Die Frage ist, ob in der Zukunft eine bessere Haltung möglich ist.

Eine Schule aus der Region Braunschweig hat mich wegen ihrer Partnerschaft mit einer Schule in Benin beauftragt, an einem Projekt mitzuwirken. Die vierzehnjährigen Kinder sollten verschiedene Themen über Benin im Internet recherchieren und vortragen. Meine Aufgabe bestand darin, die Inhalte auf ihre Richtigkeit zu überprüfen, da die Lehrerin selbst nie in Benin gewesen war.

Die Kinder hatten mehrheitlich gut recherchiert und Interesse gezeigt. Einige fanden es spannend, sich per Skype mit einem meiner Freunde in Benin verbinden zu lassen, und sie haben Fragen gestellt. Dann referierten zwei weitere Personen vor den Schülerinnen und Schülern: eine deutsche Studentin, die sich drei Monate in Benin aufgehalten hatte, und ein Beniner, der in Deutschland lebt. Die deutsche Studentin zeichnete ein differenziertes Bild über das Land, und dann trug sie das Thema vor, mit dem sie sich beschäftigte: die Beschneidung der Frauen in Benin.

Muss das sein?, fragte ich mich, müssen Schulkinder damit konfrontiert sein? Was wird damit erreicht? Ich verstand den Sinn nicht. Die Kinder zuckten zusammen und raunten, als die Bilder gezeigt wurden. Ich weiß nicht, was die Schulkinder dachten oder welche Botschaft sie verstanden haben. Ich hätte es vorgezogen, den Alltag, die Spiele, die Vorurteile der beninischen Kinder zu zeigen – anstelle eines Themas, das nur noch das Grausige in Afrika bestätigen muss. Welche Ziele verfolge ich, wenn ich beninischen Kindern Bilder von europäischen Drogensüchtigen zeige? Welche Auswirkungen hat es, wenn ich Mädchen in Benin Bilder von Prostituierten im Fenster in Amsterdam oder Zürich zeige? Es muss aus Afrika immer ein Schreck und Gespenst hervorkommen.

Dann kam der Beniner und erzählte über die Schule, die sein Verein in Benin baut, und über die Spenden, die er dafür einsammelt. Ich dachte, gerade tobt ein Krieg an der Elfenbeinküste. Kein ivorischer Verein hat Geld dafür gesammelt, um Waffen zu kaufen.

Meine Bemühung, aus dem Sprachgebrauch der Kinder die Worte „arm" und „reich" zu streichen, scheiterte kläglich. So kam in manchen Referaten wieder: Benin ist ein armes Land … Benin ist ein armes Land … Die Armut ist … Ich hörte zu und fragte mich: Wie kommt es, dass Schulkinder, die mit Mühe Geld für einen Ausflug sammeln, und für die erst nach langen Diskussionen im Parlament beschlossen wurde, dass sie ein Stück Obst pro Tag erhalten werden, sich als reich definieren?

So ist die Einstellung der Lehrenden und der Schüler europaweit, wir brauchen uns nicht zu wundern, wenn viele europäische Politiker überheblich und respektlos über die Dritte Welt reden. Andere Bilder haben sie als Kind nicht bekommen.

Die Gruppierung

Die ausländischen Studierenden werden heute in der Schweiz in zwei Gruppen geteilt: Die EU-Ausländer und die Nicht-EU-Ausländer. Die EU-Ausländer haben fast die gleichen Rechte wie die Schweizer.

Studierende aus Asien, Lateinamerika und Afrika gingen bis 1990 fast alle den gleichen Weg. Sie studierten im Ausland überwiegend mit Stipendien, und nach der Rückkehr in die Heimat wartete der Job. Die Osteuropäer haben in den kommunistischen Jahren meistens in den Staaten des Ostblocks studiert. In den folgenden Zeilen sehen Sie kurz die Entwicklung der Bildung in Afrika. Ich hoffe, dass Sie dadurch die heutigen ausländischen Studierenden etwas besser verstehen werden.

Entwicklung der Bildung

Die Geschichte der modernen Bildung geht auf die Zeit der Missionare zurück, die Afrikaner ausgebildet haben, um kleine Verwaltungsaufgaben in der Kirche und später in den kolonialen Verwaltungen zu übernehmen. Zuvor existierten die afrikanische Ausbildungsform und die Koranschulen, die bis heute parallel zum klassischen Bildungssystem laufen. Fast alle Schulen in den Städten hatten Internate, und ein Stipendium war selbstverständlich. Ursprünglich endete die Ausbildung in der sechsten Klasse, nach der die Abgänger arbeiten gehen durften. Es war nicht jedem gestattet, seine Ausbildung fortzusetzen. Die Liberalisierung kam nach und nach. In Benin zum Beispiel gingen die besten Schüler in die Stadt des französischen Gouverneurs, Porto-Novo. Die Jungen besuchten das Lycée Behanzin, die Mädchen das Lycée Toffa 1er und blieben dort bis zum Abitur. Nach dem Abitur schieden nochmals einige aus, um zu arbeiten. Die besten gingen in die erste zeitgenössische Universität Westafrikas in Dakar in Senegal. Andere gingen nach Paris. Alle diese Studierenden waren Stipendiaten.

Das Bildungssystem mit Stipendium haben die afrikanischen Staaten nach ihrer Unabhängigkeit übernommen und lange fortgeführt. Zum Beispiel schickte Kamerun bis zum Jahr 1992 jährlich Hunderte von Stipendiaten nach Deutschland, die Beniner haben erst 1984 das systematische Stipendium nach dem Abitur abgeschafft. Das begünstigte das Ende vieler Regierungen in Afrika, weil die Studierenden mit deren Maßnahmen nicht zufrieden waren und auf die Straßen gingen. Nach dem Studium fanden die Studierenden, die mit Stipendien in der Heimat und im Ausland studierten, sofort eine Stelle. Die afrikanischen Staaten hatten einen großen Bedarf an Kaderkräften – eine Tatsache, die bis Mitte der achtziger Jahre in Benin fortdauerte. Die letzte generelle Einstellung in Benin fand am Ende des akademischen Jahres 1985 statt.

Heute übernehmen viele Länder Afrikas im allgemeinen keine Absolventen mehr automatisch. Sie wollen sie nicht mehr haben. Entweder werden diese Kräfte von privaten Unternehmen eingestellt, oder sie versuchen ihr Glück in den Ländern, in denen sie studiert haben.

Neue Fälle

Xiaoling kommt aus China und hat in Deutschland auf eigene Kosten studiert. Am Ende des Studiums hatte sie in Deutschland ein ganzes Netzwerk von Firmen, in denen sie Praktika gemacht und ihre Diplomarbeit geschrieben hatte. Sie lernte viele Menschen kennen, deren Unterstützung ihr in der Heimat nützlich sein konnte. Sie entdeckte im Laufe ihres Studiums die Selbständigkeit und die Privatwirtschaft für sich.

Nach dem Gesetz darf sie nur in Deutschland bleiben, wenn sie innerhalb eines Jahres eine Stelle in ihrem erlernten Beruf findet oder wenn sie ein Unternehmen mit einem Mindestkapital von 250'000 Euro gründet.

Xiaoling will nicht in Deutschland bleiben, sie will nur in Deutschland frei leben können, um zwischen China und Deutschland hin und her pendeln zu können. Ihre Zukunft sieht sie in dem Unternehmen, das sie in China gründen will.

Sie versuchte zuerst, ihre Aufenthaltsgenehmigung durch einen Job zu sichern. Bei 40 Arbeitsstunden in der Woche blieb ihr keine Zeit, sich ihrem Projekt zu widmen. Letztlich musste sie die Stelle kündigen. Die Zeit drängte, sie war verzweifelt und suchte einen Weg. Welchen Weg? Es gab keinen.

Diese Geschichte ist die Geschichte tausender Studierender in Europa, die nicht selten in der Psychiatrie landen. Manche begehen sogar Selbstmord, weil sie daheim niemanden finden, der sie versteht. Sie haben doch in einem reichen Land studiert und müssen nun auch mit viel Geld zurückkehren, meinen oft die Verwandten.

Um Absolventen wie Xiaoling zu helfen, braucht es kein Mitgefühl, nur Vernunft. Vernünftig wäre die Einführung eines neuen Aufenthaltstitels, der ihnen ermöglicht, einige Jahre nach dem Studium zwischen den Ländern hin und her zu pendeln, um ihre Rückkehr aufzubauen. Wenn sie jahrelang in einem Land studiert und in dieser Zeit nicht beschlossen haben, sich dort niederzulassen, was ist von ihnen noch zu befürchten?

Da die Tore sich endgültig schließen, sobald man sich abmeldet, beschließen viele Studierende aus Angst vor der Ungewissheit in der Heimat lieber gleich im Gastland zu bleiben. Dabei muss man allerdings sagen, dass der Preis, den sie für diese Entscheidung zahlen, sehr hoch sein kann.

EXKURS: DER UNERWÜNSCHTE ABSOLVENT

Wir saßen am runden Tisch im Konferenzraum – allein. Der Personalchef und ich. Nach seinen ersten Worten wusste ich, dass er mir kündigen wollte. Kündigen? Das Wort ist zu schön, um auf mich angewandt zu werden. In dem Moment, in dem er sprach, wusste ich, dass nur ein Begriff meine Lage beschreiben konnte: ein Verlorener im Dschungel der Gesetze. Der Personalchef bedauerte, dass er mich nicht mehr brauche. „Warum?", murmelte ich. Er hatte ein Schreiben der Agentur für Arbeit erhalten, in dem der Sachbearbeiter ihm mitteilte, dass er mir erst nach sechs Wochen eine Arbeitserlaubnis erteilen könne. Vorausgesetzt, er würde in dieser Zeit keinen Bevorzugten finden. Ein Bevorzugter bedeutet: ein Deutscher, ein EU-Bürger oder ein Bewerber, der aus einem Gastarbeiterland stammt.

Achselzuckend antwortete ich dem Personalchef, ich sei machtlos, ich könne keinen Einfluss auf das Geschehen nehmen. Die einzige Entscheidung, die ich zur Zeit treffen könne, sei die Buchung eines Flugtickets für die Rückreise in meine Heimat. Meine Frist liefe ab. Ich dürfe mich nicht mehr um eine Arbeitsstelle in Deutschland bewerben.

Während der Personalchef weiterhin sein Bedauern äußerte, flogen meine Gedanken aus dem Raum und befanden sich auf der Suche nach einem Ticket für einen endgültigen Abflug aus Deutschland. Ein trostloses Unterfangen, denn seit einem Jahr durfte ich nicht mehr jobben. Ich hatte alle meine Reserven verbraucht und lebte bei Freunden, die mich finanziell unterstützten. Aus diesem Grund konnte ich mit eigenen Mitteln kein Flugticket buchen. Ich müsste meine Freunde das Ticket zahlen lassen. Eine Tatsache, die mich bitter traf. Der andere Weg, Deutschland zu verlassen, wäre eine Abschiebung. Das wollte ich auf keinen Fall. Denn nach einer Abschiebung käme ich auf eine schwarze Liste. Ich würde später kein Visum mehr erhalten, um in die europäische Union zu reisen.

„Hören Sie mich?" Die Stimme des Personalchefs holte mich in den Raum zurück. Ich nickte. „Ich kann nicht sechs Wochen lang auf Sie warten. Wir müssen die Kunden termingerecht beliefern. Der Deutsche, den wir gefunden haben, kann sofort anfangen." Er schnaufte kurz und fuhr mit einer Floskel fort: „Wenn Sie meinen, dass ich etwas für Sie tun kann, melden Sie sich bitte." Ich beschloss, ihm entgegen zu kommen. Er habe sich nichts vorzuwerfen, sagte ich. So seien eben die Gesetze. Er könne nichts dafür. Ich stand auf der Stelle auf und gab ihm die Hand. Von meiner vorwurfslosen und ergebenen Haltung sichtlich überrascht, nahm der Personalchef meine Hand und wünschte mir alles Gute.

Ich verließ das Gebäude und stieg ins Auto. Ich spürte eine grenzenlose Ungerechtigkeit. Grenzenlos. Ich hatte die Stelle selbst gesucht und gefunden. Ich ging damit zur Agentur für Arbeit. Dort verlor ich sie, weil ich ein Ausländer bin. Ausländer! Bei Einkäufen fragt mich keiner, ob ich einer bin oder nicht.

Ich gebe zu, die Deutschen sind in ihrer Heimat und müssen bevorzugt werden. Aber ungerecht und widersinnig finde ich, dass ich keine finanzielle Beihilfe für meine Bewerbungen von der Agentur für Arbeit erhalten durfte und auch kein Stellenangebot erwarten konnte. Da die Zahl der Arbeitslosen reduziert werden soll, nimmt man keine Rücksicht auf einen Statistikneutralen wie mich. Denn die Politik muss sinkende Arbeitslosenzahl vorweisen, damit zelebriert sie ihren Erfolg. Die Einstellung eines nicht Registrierten hat keinen Einfluss auf die Zahl.

Während der Suche nach einer Arbeit war ich bei der Agentur für Arbeit. Die Sachbearbeiterin wusste nicht, was sie mit mir machen sollte. „Was wollen Sie? Sie dürfen nicht arbeiten."

„Wieso? Ich bin ein ausländischer Absolvent und darf aus diesem Grund ein Jahr lang eine Arbeit in Deutschland suchen", antwortete ich. „Ja, aber ich lese, was in Ihrem Pass steht." „In meinem Pass steht, dass ich nur meinen erlernten Beruf ausüben darf. Muss ich Ihnen ihre Arbeit erklären?", fragte ich. „Na gut, ich kann höchstens vermerken, dass Sie ab heute eine Stelle suchen."

Ich bedankte mich, nahm meinen Pass zurück und ging. Ich bedauerte die verlorene Zeit. Die Politiker sollen doch die Grenze dicht machen, dachte ich, sie sollen doch keinen zum Studieren ins Land lassen. Denn der Wunsch, in Deutschland zu bleiben, war entstanden, nachdem ich in Deutschland studiert hatte. Wer nie eine Thüringer Wurst gegessen hat, wird sich niemals wünschen, sie immer wieder zu essen.

Ich war wütend, dass ich diese Erfahrung in einem Land machte, das sich auf der Weltbühne als Vorbild präsentiert, das immer wieder eine Rolle in der Weltpolitik spielen will. Ich senkte meinen Kopf, seufzte und startete den Motor.

Ich fuhr los. Meine Träume sah ich für immer versinken. Ich wollte nicht wegen der tollen Autos, der Parkanlagen, der Bäder oder der Frauen in Deutschland bleiben. Mein Bleiben in Deutschland wäre wie eine Entwicklungshilfe für mein Heimatland gewesen. Denn ich wollte mich für erneuerbare Energie und die Umwelt einsetzen. Ich wollte einige Projekte realisieren, um mit niedrigen Kosten Nahrungsmittel herzustellen, und sie der Bevölkerung günstig anbieten. Da ich für solche Projekte Informationen und Wissen brauche, die in Deutschland leicht zugänglich sind, war mein Wunsch sehr groß, hier zu bleiben. Die Institutionen und potenziellen Geldgeber sind in Europa. Außerdem erlaubt mir die Kaufkraft, häufiger von Deutschland nach Afrika zu reisen als umgekehrt.

Von vornherein wusste ich, dass mein Traum nur mit viel Mühe realisiert werden konnte, weil ich keinen klassischen Weg gegangen war. Mir war auch bewusst, dass das Gesetz mir zu schaffen machen würde. Aber ich hätte mir nie erträumt, gehen zu müssen, obwohl ich eine Arbeit gefunden hatte, die einzige Voraussetzung für mich, um eine Aufenthaltsgenehmigung zu erhalten.

Während der Fahrt sah ich einen Baum und überlegte kurz, dagegen zu fahren. Es fehlte mir der Mut dazu. Ich beschloss mein Leben auf eine andere Art zu beenden. Eine Art, die mir vielleicht eine Chance geben würde, meine Projekte zu realisieren.

Zu Hause angekommen, mied ich meine Freunde. Sie litten mit mir. Deshalb wollte ich nicht, dass sie mich in einem Zustand fanden, in dem sie meine Lage erraten konnten. Ich schaltete meinen Computer an und schaute nach, ob ich eine Stelle im Irak finden könnte. Ich verbrachte Stunden im Internet. Die meisten Angebote gab es im Bereich der Chemie. Maschinenbauer wurden nicht gesucht. Ich überlegte, mich für die Fremdenlegion zu bewerben. Nach einigen Informationen fand ich diese Unternehmung uninteressant. Ein Einsatz im Irak hätte den Vorteil, dass ich an einen gut bezahlten Job kommen könnte und somit Geld ansparen würde; oder ein Rendezvous mit dem Tod hätte mein Leid beendet. Denn es war schon eine Folter, tagtäglich blockiert zu sein und nichts unternehmen zu dürfen.

Im Internet fand ich nichts und kam auf die Idee, einen Cousin in Amerika anzurufen. Nach dem ersten Schock versprach er mir, die Anzeigen in den Zeitungen durchzuschauen. Ich erklärte ihm, dass ich auch bereit bin, als Wächter zu arbeiten.

Ich fragte mich, warum ich studiert hatte. War meine jetzige Lage der Sinn meiner Ausbildung? Sollte ich solange studieren, um am Ende unbrauchbar zu werden?

Zum Glück besaß ich die Fähigkeit, alle möglichen Jobs anzunehmen. Ich kann auf einer Baustelle arbeiten, in einer Küche, als Taxifahrer oder irgendetwas machen. Gleichzeitig habe ich das Pech, Eltern zu haben, die von meinem Problem nichts wissen wollen. Sie können nicht verstehen, dass ihr Sohn in dem reichen Deutschland studiert und nicht in der Lage ist, dort zu arbeiten, und empfinden meine Rückkehr als die Geste eines Idealisten, für sie unverständlich. Sie fragen sich, wieso ich solange in Deutschland bleibe und kein Geld habe, während viele Jugendliche aus unserem Viertel, die ins Ausland ausgewandert sind, die nicht zur Schule gegangen sind und kaum Französisch sprechen, Auto und Geld nach Afrika schicken.

Antworte ich, das Geld stamme vielleicht aus Schwarzarbeit oder Drogenhandel, erwidern meine Eltern, dass ich nur eine Ausrede suche. Drogenhandel sei verboten, also können die Jungs mit diesem Handel nicht so viel Geld verdienen, meinen sie.

Ein Paradox. Diejenigen, die keinen Abschluss haben, kommen heute in Afrika besser zurecht als wir, die studiert haben. Seit die Europäer ihre Grenzen schließen und einen Zaun um ihren Kontinent ziehen, suchen die afrikanischen Geschäftsleute andere Märkte und fliegen immer mehr nach China oder nach Dubai. So entsteht ein wachsender Handel zwischen Afrika und China. In einer chinesischen Küstenstadt sind zum Beispiel bis zu zehntausend Afrikaner offiziell registriert.

Die Mehrheit dieser Afrikaner ist kaum, oder höchstens zehn Jahre, zur Schule gegangen. Haben wir, die studiert haben, das Denken und andere Überlebensstrategien verlernt? Ich glaube schon. Wir sind unbeweglich geworden oder so gemacht worden. Wer einen Blick auf die Händler von Altautos in Deutschland wirft, wird eine Schar von Afrikanern sehen, die täglich Tausende Autos nach Afrika verschiffen. Die Käufer sprechen meist ein gebrochenes Englisch, das auf ihr Schulniveau hindeutet. Sie fühlen sich wohl mit ihrem Geschäft, während ich niemals wagen würde, solche Schrottwagen zu kaufen und nach Afrika zu verschiffen. Ich bin gehemmt. Ich höre täglich vom Klimawandel in den Medien, ich habe als Maschinenbauer in den Hörsälen von der Pflicht der Verkäufer gegenüber den Käufern gehört, von Sicherheitsstandards usw. Zum Beispiel ist ein Cousin gestorben, weil eine Radaufhängung seines Autos, eines aus

Europa importierten Altautos, während der Fahrt gebrochen ist.

Der Handel mit solchen Wagen ist also nicht mit meinem Gewissen als hochqualifizierter deutscher Ingenieur zu vereinbaren. Konsequenz: Ich scheitere, während die Anderen sich damit eine goldene Nase verdienen. Ich bin für diese Geschäftswelt nicht brauchbar. Da diese Geschäftswelt das Leben in Afrika heute bestimmt, sind wir Akademiker für den Kontinent unbrauchbar geworden.

Gab es keinen anderen Weg für mich? Wie wäre ich nutzbringender für Afrika? Hätte ich in Ruhe Deutschland verlassen können, ohne an einen Selbstmord in einem Land wie dem Irak zu denken? Ich glaube, ich kann eindeutig mit „ja" antworten. Der andere Weg hätte folgendermaßen ausgesehen:

Bis ich sechzehn wurde, habe ich in der Nähe meiner Oma gelebt. Meine Oma war eine große Heilerin. Ihr Wissen, was die Schwangerschaft betrifft, war enorm. Sie konnte weder lesen noch schreiben. Meine Mutter ist ihr letztes Kind, deshalb habe ich sie erst kennen gelernt, als sie relativ alt war. Da mein Großvater ein evangelischer Pastor war und meine Familie die Vorzüge eines intellektuellen Daseins bevorzugte, gingen alle Kinder und Enkelkinder meines Opas in die moderne Schule. Die moderne Schule in Benin ist praktisch an das französische Schulsystem angeschlossen. Außer der Geschichte Afrikas lernt man die Kunst der Mathematik und andere moderne Wissenschaften. Die alte afrikanische Schule war ähnlich wie das alte Lehrlingssystem in Deutschland. Da jedoch der Afrikaner von Kultur aus kein Patent erfand, hält er sein Wissen bis heute geheim und gibt es nur an vertraute Verwandte weiter.

Bis zu meinem Erwachsenwerden hatte sich keines ihrer Enkelkinder für die Heilkunst meiner Oma interessiert. Ich war der einzige, der ihr neugierig Fragen stellte. Nachdem sie sicher war, dass ich Geheimnisse für mich behalten konnte, fing sie an, mich einzuweihen. Da ich noch minderjährig war, durfte ich keine fremde Frau nackt sehen. Aus diesem Grund weihte sie mich nur in die Heilkunst von Malaria, Schlangenbissen und anderen Kleinigkeiten ein, mit dem Versprechen, mir mehr von ihrem Wissen anzuvertrauen, sobald ich verantwortungsvoll mit nackten Frauen umgehen könne.

Leider beschloss ich im Ausland zu studieren. Meine Oma starb acht Jahre, nachdem ich nach Europa ausgereist war. In acht Jahren hätte ich viel von meiner Oma lernen können. In ihrem Fall trifft die Aussage des großen afrikanischen Denkers Hampate Bâ zu: Ein Greis, der in Afrika stirbt, ist eine Bibliothek, die verbrennt.

So bin ich heute nachdenklich geworden. War das Studium es wert? Ich scheue mich davor, die richtige Antwort zu geben. Meine Analphabeten-Oma hat wunderbar von ihrem Wissen gelebt. Ein Wissen, das keinen Platz in unserer studierten Welt hat. Der Platz, den mein Wissen einnehmen könnte, bleibt mir entweder gesetzlich oder menschlich verwehrt.

Schulen für Afrika. Welche? Ich bitte die Afrikaner um eine Antwort.

Eine zeitgenössische Geschichte:
Die Afrikaner in Russland

Studierende haben in der Geschichte Regierungen gestürzt, waren umtriebig und standen an den Vorposten vieler Protestbewegungen. Heute werden sie zwar als

Kosten- und Wirtschaftsfaktoren gesehen, aber es gibt ein Kapitel der jüngsten Weltgeschichte, das ich Ihnen nicht vorenthalten möchte.

Im August 1988 schrieb ich mich als Stipendiat der Sowjetunion an der Universität Patrice Lumumba in Moskau ein. Wir wurden zu viert pro Zimmer eingeteilt. Häufig wohnten drei Studenten aus verschiedenen Sprachräumen zusammen mit einem sowjetischen Studenten, der in der Schule eine Fremdsprache gelernt hatte und ziemlich gut sprechen konnte.

Diese Zusammensetzung hatte den Vorteil, dass die drei ausländischen Studenten gezwungen waren, sich auf Russisch zu unterhalten, und dabei wurden sie von ihrem russischen Mitbewohner korrigiert. Die russischen Nachbarn galten für die ausländischen Studenten als KGB-Agenten und wurden misstrauisch betrachtet.

Da die sowjetischen Bürger nicht ins Ausland reisen durften, waren sie sehr neugierig auf alles, was aus dem Ausland stammte. So fragte ich am ersten Tag meinen Nachbarn, ob er mit mir Tee trinken wolle. Zuerst lehnte er es ab, doch als er sah, dass „made in France" auf der Packung des Zuckers stand, sagte er „ja" und probierte den französischen Zucker.

Die ausländischen Studierenden waren für die russischen Bürger das Fenster zur Welt. Sie blickten in die mitgebrachten Alben und sahen Bilder, die sie nie im Fernsehen zu sehen bekamen. Sie probierten Gerichte, die sie in den abgelegenen Orten des sowjetischen Reiches nie gegessen hätten, und letztendlich stießen sie auf Meinungen, die ihnen fremd waren.

Ein Sprichwort in Benin sagt: „Das Kind, das noch nie bei einer anderen Frau gegessen hat, wird davon ausgehen, dass seine Mutter die beste Köchin der Welt ist."

Obwohl sehr viel Misstrauen auf beiden Seiten herrschte, stellten die ausländischen Studierenden eine andere Informationsquelle für die sowjetischen Bürger dar, und später leisteten sie einen enormen Beitrag zum Zusammenbruch des sowjetischen Reiches.

In den 80er und 90er Jahren bildeten die osteuropäischen Länder die afrikanischen Akademiker aus. Es war ihre Art der Entwicklungshilfe für die afrikanischen Länder. Die Sowjetunion allein hat zwischen 1960 und 1990 vierhunderttausend Studierende ausgebildet. Diese Studenten und Studentinnen dienten den Ländern des Ostblocks gleichzeitig als Einkaufshilfen in den westeuropäischen Ländern. Die Studierenden, die zu Tausenden jedes Jahr eingereist waren, studierten zwar kostenlos, kamen jedoch mit fremden Währungen ins Land und erhielten den Teil ihres Stipendiums, den ihre Heimatländer laut Abkommen zahlen mussten, in fremder Währung. In den Ferien fuhren sie in die westeuropäischen Länder und brachten Jeanshosen, Radiokassetten und Parfum mit. Diejenigen, die in Rumänien und Jugoslawien studierten, schmuggelten Kaffee aus Italien.

Bis 1989 wurde der Schwarzmarkt für Devisenhandel von Diplomaten und ausländischen Studierenden kontrolliert. Die Regierung hielt aus ideologischen Gründen den Kurs des Dollars gegenüber dem Rubel niedrig. So wurde der offizielle Wechselkurs 1 Dollar = 60 Kopeken bzw. 0,60 Rubel festgelegt, während in den Wohnheimen der Wechselkurs im August 1988 1 Dollar = 13 Rubel betrug. Die Wohnheime waren Tauschbörsen, an denen der Kurs ständig von Tag zu Tag ohne erkennbare Gründe stieg und selten fiel.

So gab die Regierung 1989 den Kooperativen die Freiheit, direkt auf dem Weltmarkt einzukaufen. Es herrschte noch ein Embargo der westlichen Länder über den Export sensibler elektronischer Produkte nach Osteuropa. Mangels Devisen und angesichts der Möglichkeit der Studierenden, leicht auszureisen, wandten sich die Kooperative an diese Personengruppe und ließen sie Computer aus dem Westen importieren. Berlin bzw. der Laden *Tony Shop* wurde das Drehkreuz dieses Handels, von wo Hunderte oder gar Tausende von Computern täglich nach Moskau verfrachtet wurden.

Ein PC, der in Berlin 1'200 DM gekostet hatte, wurde in Moskau für 40'000 Rubel weiterverkauft. Damit Sie einen Eindruck bekommen: Ein ausländischer Student bekam 100 Rubel pro Monat, und ein Lehrer verdiente ungefähr 200 Rubel. Pro Computer wurde also das Vielfache eines normalen Lohnes umgesetzt. Die Nationalbank druckte ununterbrochen Geldscheine, um den Hunger der Kooperative nach Rubeln zu stillen. Ich erlebte die Vorstufe der Globalisierung, die Aufgabenverteilung von Menschen verschiedener Nationalitäten auf kleinem Raum. Die Afrikaner und Inder kauften die PCs mit ihren eigenen Devisen ein, verkauften sie an die Russen und erhielten viele Rubel, die sie bei den Vietnamesen umtauschten. In einem Land, das vom KGB beherrscht und kontrolliert wurde, kann man nicht sagen, dass der Staat nicht beteiligt gewesen wäre. Der Devisenhandel wurde nach und nach hauptsächlich in den Wohnheimen eines geologischen Instituts betrieben, die von uniformierten und bewaffneten Personen bewacht wurden. Die zahlreichen im Umlauf befindlichen Rubel verstärkten schließlich die Inflation, was letztendlich die Wirtschaftskrise verschärft hat. Die Folge kennen wir aus der Geschichte.

DIE INFORMATIONEN

AUSLÄNDISCHE STUDIERENDE IN DEN HÖRSÄLEN

Gehen Sie in ein beliebiges Dorf und lassen Sie den Polizisten, den Arzt, den Lehrer und den Pfarrer über die Bewohner berichten. Sie werden vier unterschiedliche Geschichten hören, die alle auf ihre Weise wahr sind. Die Anwesenheit eines ausländischen Studierenden hilft dabei, dass die Polizisten, die Lehrer, die Ärzte oder die Pfarrer nicht unter sich bleiben. Probleme müssen von allen Seiten, auch kulturell, betrachtet werden. Nicht nur bei den Geisteswissenschaftlern, auch bei den Technikern. Ein bekannter Automobilbauer hatte einen LKW für Brasilien entwickelt. Die Ingenieure stopften den LKW voll mit Elektronik. Das war ein Entwicklungsfehler. Die Kunden, die sich im Dschungel aufhalten, können nicht warten, bis eine Vertragswerkstatt, die 1'000 km entfernt ist, ihr Diagnosegerät vorbei bringt, um nach Fehlern zu suchen. Dieser Entwicklungsfehler zeigt, dass europäische Ingenieure unter sich geblieben waren, um den LKW zu konstruieren. Mit brasilianischen Ingenieuren wäre das nicht passiert.

WIE DIE INFORMATIONEN DIE WELT BEWEGEN

Vor Jahren strahlte ein deutscher Fernsehsender den Beitrag eines Reporters aus, der über seine Reise auf eine Karibische Insel berichtete. Vermutlich um seinen Bericht ein bisschen pikanter zu gestalten, stellte er eine Interview-Partnerin als Prostituierte vor. Einige Tage später gab es einen Protest, weil eine Zuschauerin in Deutschland die Frau erkannt hatte. Wir erinnern uns noch, wie ein Artikel in Dänemark erschienen ist und in einem Teil der Welt Proteste ausgelöst hat. All diese Proteste hätten dreißig Jahre zuvor kaum stattgefunden. Die Welt bewegt sich und die Informationen mit ihr. Früher gingen sie hauptsächlich von Norden Richtung Süden, nun aber kommt immer öfter das Echo in den Norden zurück, und der Süden lernt den Norden besser kennen als der Norden den Süden. Die Mehrheit der afrikanischen Politiker hat im Norden studiert und kennt sich sehr gut mit den Mentalitäten aus, während die Mitglieder der Politszene in Europa mehrheitlich nie als Jugendliche in Afrika unterwegs waren. Diese Tatsache hat zur Folge, dass die Afrikaner bei bilateralen Verhandlungen eigentlich im Vorteil gegenüber ihren europäischen Kollegen sind, doch wahrscheinlich stellen die Institute für Afrikanistik und Politikwissenschaft mit ihren Veröffentlichungen das Gleichgewicht wieder her.

Die Nachrichten bzw. die Informationen, die rund um den Globus verfügbar sind, werden unterschiedlich dargestellt und verstanden. Die Ankunft des Satelliten-Fernsehens hat das Monopol der westlichen Länder über die Informationen kaum reduziert. Nach wie vor herrschen die größten Nachrichtenagenturen, und es sind dieselben Telenovelas und Filme, die um die Welt kreisen. In den 80er Jahren liefen im beninischen Nationalfernsehen jeweils donnerstags die deutsche Krimi-Serie „Der Alte" und freitags ein Fußballspiel zweier Top-Mannschaften der Bundesliga. Mir gefiel der BMW in dem Film, und was für eine Freude, als ich das erste Auto dieser Marke auf der Straße in Porto-Novo sah. Bessere Marketingmaßnahmen gibt es nicht, um die Aufmerksamkeit eines jungen Beniners auf das Produkt „Deutschland" zu lenken.

Diese „Werbematerialien" zeigen nur die schöne Seite der Länder. Ein ehemaliger Gastarbeiter aus Spanien bestätigte meine Meinung: Unter anderem hätten die Bilder, die er im Kino seiner Heimat gesehen hatte, in ihm den Wunsch geweckt auszuwandern. Den Europäern ist es wahrscheinlich nicht bewusst, dass die Botschaften, die sie in die Welt senden, andere Reaktionen verursachen als beabsichtigt. Wenn Schweizer in mein Dorf kommen und meinen, ich sei arm, nur aufgrund der Tatsache, dass ich nicht lesen und schreiben kann, und deswegen Schulen errichten, warum sollte ich nicht lieber gleich in die Schweiz fahren, um eine bessere Schule zu besuchen? Wenn die schweizerische Finanzministerin nach Tunis reist und Geld für die Demokratie verspricht, warum sollte ich nicht gleich an die Quelle gehen, um mich selber zu bedienen, wenn sie mein Leiden mit ihren Augen gesehen hat?

EXKURS: MEINE REISE NACH JEMEN

An folgender Erzählung können Sie sehen, wie Informationen die Welt verändern und welche Einflüsse sie auf unterschiedliche Nationalitäten haben:

Die jemenitische Kultur hat mich seit meiner Kindheit begeistert. Die Lehmhäuser, die tausend Jahre alt sind, die Gassen, die nur ein Esel passieren kann, der Basar usw. In diesem Jahr beschließe ich, hinzureisen und zwei Wochen dort zu verbringen. Im Reisebüro fragt mich der Verkäufer, was um alles in der Welt ich im Jemen wolle. Ich schwärme von allem, was ich bis jetzt über das Land gelesen und gehört habe. Er schaut mich völlig entgeistert an und sagt, er hätte vor einer Entführung Angst. „Quatsch!", entgegne ich. Nur unvorsichtige Reisende werden entführt. Man soll sich streng an die Anweisungen der Reiseführer halten. Überall in der Welt passiert immer irgendetwas. Außerdem würde ich als Schwarz-afrikaner nicht auffallen, weil die Einheimischen dort auch dunkelhäutig sind. Ich bekomme das relativ günstige Angebot eines schweizerischen Reiseveranstalters, der eine Agentur gemeinsam mit einem Partner im Jemen betreibt.

Vor Freude kann ich auf dem Flug überhaupt nicht schlafen. Am Flughafen in Sanaa empfängt uns ein jemenitischer Reiseführer, der perfekt deutsch spricht. Er hat in der ehemaligen DDR studiert. Das Wetter ist mild und die Luft feucht. Ich bin aufgeregt, ich habe jahrelang von dieser Reise geträumt.

Nachdem unser Begleiter alle möglichen Genehmigungen eingeholt hat, beginnt am nächsten Tag die Rundreise durch das Land. Wir zahlen den Militärs, die uns auf bestimmten Strecken begleiten, ein opulentes „Trinkgeld". Ich bin von der Landschaft fasziniert und gleichzeitig erstaunt über die Zahl der Waffen, die in Umlauf sind. In den Dörfern tragen die Männer Kalaschnikows. Wir erreichen eine beeindruckende Stadt, Shibam, 2'000 Jahre alt und das Manhattan der Wüste genannt. 500 Lehmhochhäuser auf engem Raum. Ich kann den Auslöser meiner Kamera nicht loslassen. Ich schieße ein Foto nach dem anderen. Nach einer Rast führt uns die Besichtigungstour zu den nächsten Sehenswürdigkeiten: die Sultanspaläste in Tarim und in Seyun, die Moscheen und die Felsen. Beeindruckend ist auch der Sonnenuntergang. In Shibam, wo wir übernachten, schauen wir in einmütigem Schweigen in den Himmel. Ich kann nicht sagen, dass meine Begleiter aus Müdigkeit schweigen. Die Blicke gleiten voller Erstaunen durch die Fenster und verlieren sich in der fernen Wüste. Wir besuchen viele Städte: Wadi Douan,

Mukalla, Habban, Chimir und Jiblah. Manchmal sind die Militärkonvois erforderlich, manchmal nicht.

Man hätte denken können, dass die Sicherheitsvorschriften von der Lust und Laune der Stammesführer abhingen. Vielleicht wissen die Reiseführer und Sicherheitsbeamten auch, wann ein Stammesführer Geld für eine neue Braut braucht oder wer gerade mit der Regierung unzufrieden ist und deswegen ein bisschen Stress machen will. Auf alle Fälle fühle ich mich in einer kleinen Stadt so sicher, dass ich beschließe, einen Spaziergang durch den Basar zu machen. Ich habe einfach Lust, dieses Volk näher kennenzulernen. Natürlich glaube ich aufgrund meiner Herkunft, dass bestimmte Anweisungen mich nicht betreffen, und ziehe los.

Ach, welch ein Gefühl, ich setze mich zu einem Katverkäufer und probiere die Blätter. Ich bin vorsichtig und kaue nicht zu viel, ich will bloß ein wenig die Wirkung spüren. Ich kann den Gewürzen nicht widerstehen, den bunten Stoffen und den traditionellen Messern. Ach, schön, sinne ich. Plötzlich klingelt mein Handy. Auf dem Display sehe ich, dass der Anruf aus der Schweiz kommt, und nehme ab. Während ich rede, spüre ich ein kleines zylindrisches Metallstück im Rücken. „Folgen Sie meinen Anweisungen", höre ich in Deutsch, „versuchen Sie nicht zu fliehen und gehen Sie weiter." Ich beende sofort das Gespräch, ohne dass mein Freund am anderen Ende der Leitung etwas mitbekommt. Mein Entführer nimmt mir das Handy weg, und wir laufen aus dem Basar zu einem Ausgang, wo ein Gelände-Pick-up wartet. Ich steige auf die Ladefläche und befinde mich im Kreise einiger Männer mit strengen Gesichtern.

Wieder bekomme ich eine Besichtigungstour. Dieses Mal zwar unfreiwillig, aber kostenlos. Am Fuß eines

Berges hält der Wagen an. Wir steigen aus und beginnen hoch hinaufzusteigen. Jetzt geht mein Entführer neben mir. Er wählt eine Nummer und meldet seinem Gesprächspartner in Arabisch, dass er einen dicken Fisch gefangen hat, einen Schweizer! Er kann sich nicht vorstellen, dass ich Arabisch verstehe. Er verhandelt über den Preis, den er für mich haben möchte. Der andere am anderen Ende der Leitung scheint damit nicht einverstanden zu sein. Mein Entführer droht damit, mich an einen anderen zu verkaufen, wenn die Entscheidung nicht schnell falle.

Ich erkenne seinen Irrtum und beschließe, ihm nicht zu verraten, dass ich kein Schweizer bin. Trotz der Lage behalte ich meinen Humor. Mir ist klar geworden, dass die Westler es geschafft haben, sich weltweit als Edelware anzubieten. Da sie immer behaupten, reich zu sein, sehen die Leute außerhalb Europas und Nordamerikas in ihnen nur tanzende Geldschränke.

Mein potenzieller Käufer erblickt mich und empört sich: „Wen bringst du da an?"

„Einen Schweizer", antwortet mein Entführer.

„Franzosen oder Engländer sind manchmal Schwarze. Er ist doch kein Schweizer, nur weil er deutsch spricht", sagt der Mann.

„Er ist doch mit den Schweizer Touristen angekommen und spricht Deutsch", erwidert der Entführer.

Der Käufer fragt mich auf Englisch, woher ich komme. Ich entgegne: „Benin." „Your passport?", fragt er. Ich greife in meine Tasche und überreiche ihm meinen Pass.

„Benin!", ruft er, „er ist nicht mal einen Dollar wert. Seine Regierung wird nicht mal einen Sarg schicken, wenn wir ihn hinrichten. Verschwindet alle, bevor ich wütend werde. Vergeude nie wieder meine Zeit."

Der Entführer gibt mir aus Wut eine Ohrfeige und stößt mich den Berg hinunter. Eine Stunde später bin ich wieder im Hotel. Niemandem ist etwas aufgefallen. Alle machen noch Siesta. Ich gehe in mein Zimmer und beschließe, mich keinen Zentimeter mehr von meiner Reisegruppe zu entfernen.

DIE GRENZE DER DEMOKRATIE

Während der Veranstaltungen der Fakultät für Wirtschafts- und Sozialwissenschaften und des Departements für Internationales Recht, die ich besucht habe, berichten die Referenten wiederholt, wie gewisse Vorhaben der Schweizerischen Volkspartei SVP gesetzlich nicht umsetzbar seien. Immer wieder erwähnen die Professoren die SVP. Wenn diese Partei etwas geschafft hat, dann die Häufigkeit, mit der sie in aller Munde ist. Es werden alle Theorien dargelegt, es wird mit Emotionen diskutiert, und letztendlich sage ich mir: Sie vergessen die Natur des Menschen. Niemand, nirgendwo auf der Erde, möchte einen anderen in seinem Garten sehen. Die Menschen, die bereit sind zu teilen, sind selten. Und wenn eine Partei verspricht, die Immigranten zu bekämpfen, dann wird sie gewählt, falls die Wähler um ihre Arbeitsplätze besorgt sind. Egal, welche Politik sie vertritt. Später, wenn die Partei dem Volk an den Kragen geht, dann wird die Bevölkerung sich beklagen. Die Pathologie des Menschen darf nicht aus den Augen verloren werden. Falls die Immigranten vermögend sind, fühlen die Einheimischen sich ausgebeutet. Sind die Immigranten arm, fürchten die Einheimischen etwas abgeben zu müssen oder ausgenutzt zu werden. Nichts ist richtig. Ich frage mich häufig: Wie viele Wähler wissen überhaupt, wofür sie stimmen?

Ist es berechtigt, allen Stimmen die gleiche Gewichtung zu geben?

Als ich Frau Prof. Dr. Caloz-Tschopp von Collège International de Philosophie (Paris) während ihres Vortrags in Freiburg frage: „Denken Sie bitte an das Pathologische bei den Menschen. Warum wundert sich die Weltgemeinschaft, wenn Populisten Wahlen gewinnen? Das ist doch die Kehrseite der Demokratie: Ein Mensch gleich eine Stimme", antwortete sie: „Demokratie beschränkt sich nicht auf Wahlen!" Aber das ist doch die Meinung, die uns von den Medien und den Weltorganisationen weltweit aufgezwungen wird. Fast alle Wahlen sind demokratisch.

Laut dem italienischen Journalisten Sergio Benvenuto kommt für den Arbeiter das Gleiche bei der Immigration heraus. Sind die Grenze geöffnet, verliert er seine Arbeit wegen der billigen Arbeitskräfte, die ankommen. Sind die Grenzen dicht, dann wandern die Unternehmen in die Billiglohnländer.

Gefährlich sind auch sogenannte Experten, die in den Medien über Themen diskutieren, über die Insider einfach den Kopf schütteln. Früher haben Weltstars sich politisch engagiert und manchmal ihr Leben riskiert, heute ist es bequem und cool, sich für einen guten Zweck einzusetzen. Plötzlich redet der Fußballer oder der Musiker, der keine Geldsorgen hat, über Beschäftigungstheorien und Arbeitslose, denen er etwas Gutes tun möchte.

Experten müssen kein Zeugnis vorweisen, um ihre Meinung kundzutun, Mikrofone werden ziellos und ohne Bewertung in der Fußgängerzone hingehalten. Man fragt die Passanten nicht, ob sie die Kompetenz haben, sondern sie dürfen gleich ihre Meinung sagen. Dabei kann ich als Ingenieur nicht an einer Vorlesung der Philosophie oder der Theologie teilnehmen und irgendwelche Meinungen äußern. Die Professoren werden mich sofort nach meinen Vorkenntnissen fragen.

In der Zeit der ständig verfügbaren Medien, die alle kostengünstig ihre Sendezeit füllen wollen, kann jeder sich als Experte berufen fühlen und auf irgendeinem Kanal seine Meinung äußern. Man braucht nur aus einem Land zu stammen, um darüber einen Vortrag halten zu dürfen. Kann jeder Schweizer, der nach Spanien reist, vor spanischen Schülern einen Vortrag über die Schweiz halten?

Um es auf den Punkt zu bringen: Vieles, was in den Medien über Immigranten gesagt und veröffentlicht wird, dient zum Teil dazu, Seiten zu füllen oder Gesprächsstoff zu schaffen. Es ist ein Phänomen, das die Ausländer verstehen sollten, um Ruhe zu bewahren und sich nicht unnötig zu ärgern.

In die Karten gucken

Manchmal ist es interessant, mit Brillenträgern Karten zu spielen. Man liest alles in den Gläsern, mit denen sie selber lesen. Und dann ist man der Klügere.

Der russische Sprachkurs dauerte zu meiner Zeit in Moskau zwei Semester. Nach der Grammatik und dem Vokabular im ersten Semester folgte im zweiten russische Heimatkunde und Geschichte der kommunistischen Partei. Es war mir langweilig, und ich hatte keine Lust, am Unterricht teilzunehmen. Nachdem ich festgestellt hatte, dass mein Russischlehrer panische Angst davor hatte, eine Grippe zu bekommen, wartete ich, bis er ein Kreuz vor meinem Namen gemacht hatte. Die Anwesenheit war Pflicht, aus diesem Grund erschien ich zum Unterricht. Sobald der Unterricht mir unerträglich wurde, nieste ich kräftig. Der Lehrer blickte mich verärgert an: „Bitte Luka, ich habe schon gesagt, sobald ihr euch unwohl fühlt, könnt ihr zu Hause bleiben. Gehen Sie bitte, gehen Sie." Ich packte meine Sachen und ging.

Warum tat ich das? Ich tat das, weil ich etwas über ihn wusste, das ihm nicht bewusst war: seine panische Angst vor der Grippe.

Meine Tante in Gabun hätte nie gewusst, dass das Foto, das sie von ihren Neffen bekam, so gemacht wurde, damit sie Mitleid bekam. Sie hatte meine Mutter darum gebeten, ihr aktuelle Bilder ihrer Neffen und Nichten zu senden. Als der Fotograf bereit war zu knipsen, rief eine Cousine: „Wir müssen unsere Schuhe ausziehen, damit sie denkt, dass wir keine haben, so wird sie uns bestimmt ein paar Schuhe schicken." Gabun ist reich und gilt als das Emirat Afrikas. Leider funktionierte der Trick nicht ganz, wir bekamen nur Regenjacken. In einem Land am Äquator, wo es viel regnet, denkt man eher an Regenjacken als an Schuhe.

Diese List spiegelt sich in den internationalen Beziehungen wider. Die schwarze Haut ist armutsfotogen und wird intensiv von Hilfsorganisationen und der Entwicklungshilfeindustrie benutzt. Ich spreche nicht von Ländern, die sich im Krieg befinden oder die von Naturkatastrophen heimgesucht werden. Immer wieder höre ich von Menschen aus unterschiedlichsten Gruppen der Gesellschaft, wie die Afrikaner an Hunger litten. Jeder Versuch, eine andere Sicht zu zeigen, scheitert, weil meine Gesprächspartner überzeugt sind. Wenn in den Medien ein Land aus Afrika oder Lateinamerika erwähnt wird, hört man als Nächstes: „... eines der ärmsten Länder der Welt."

Wie kommt es, dass man in Ländern hungern soll, in denen viele Sorten Bohnen wachsen, die kartoffelähnliche Knollen haben, und in denen Früchte zu jeder Jahreszeit geerntet werden? Nicht zufällig haben die Afrikaner im Laufe der Geschichte keine Konservierungstechniken für Esswaren entwickelt wie der Norden.

In Ländern wie Benin gibt es kein funktionierendes Mietrecht. Der Mieter ist allen Schikanen des Vermieters ausgesetzt. Also möchte jeder ein Grundstück erwerben und sein Haus bauen. Sobald vier Wände und ein Dach stehen, bezieht man das Haus. Gestrichen werden die Außenwände nicht, sonst bezahlt man viel Steuern. Ein europäischer Reporter, der so ein Haus sieht, wird feststellen, dass die Bewohner in Armut leben.

Der Reporter wird zu diesem Trugschluss kommen, weil er sich nicht vorstellen kann, dass er in einem Land wie der Schweiz in einem Haus ohne Fenster und Türen leben kann. Dass das Wetter und die Lebensverhältnisse anders sind, wird völlig vergessen. So entsteht ein Bild, aus dem jeder seinen Vorteil zieht: die „Bedürftigen" in Afrika, die Hilfsorganisationen, die immer wieder zu Spenden aufrufen, und Politiker, die damit Angst schüren, um Wahlen zu gewinnen. Die Verlierer bei diesem Spiel sind die Migranten zwischen all diesen Fronten.

Das Phänomen ist so absurd, dass viele sich daran bedienen. So hören die Mitarbeiter der Anlaufstelle für asylsuchende afrikanische Flüchtlinge häufig ihre Klienten sagen, dass sie mit dem Pass einer anderen Person ins Land eingereist seien, weil die Grenzbeamten keinen Unterschied zwischen den Afrikanern machen könnten. Etwas, das natürlich allen geschulten Grenzbeamten weltweit kaum passieren kann. Interessant dabei ist die Tatsache, dass die Migranten und die Bürger, die über die beiden geographischen Räume am besten informiert sind, von beiden Seiten kaum gehört werden:

a) Februar 2011. In einer Schule in Nordrhein-Westfalen in Deutschland.

„Wie geht es Ihnen? Haben Sie Nachricht von Ihren Verwandten erhalten?"

„Ja. Alles in Ordnung."

„Was ist mit der Überschwemmung?"

„Welche Überschwemmung?"

„Benin ist doch überschwemmt."

„Ich habe nichts gehört."

„Wir haben gehört, dass Benin überschwemmt ist und haben Geld gesammelt. Jetzt suchen wir jemanden, der das Geld den Leuten dort überbringt."

Der Beniner war sehr überrascht, dass die Medien von einer Überschwemmung in Benin berichteten, von der seine Verwandten ihm am Telefon nichts erzählt hatten.

b) Juni 2011. Reise nach Cotonou in Benin. In der Botschaft eines westeuropäischen Landes trifft er sich mit einer Mitarbeiterin.

„Wir verstehen die Leute in Europa nicht. Wir haben im Februar unzählige E-Mails erhalten, in denen die Leute uns fragten, wie wir mit der Überschwemmung in Cotonou klar kommen. Jemand hat bestimmt die Meldung in Umlauf gebracht, um Spendengelder zu erhalten."

„Was habt Ihr geantwortet?"

„Cotonou liegt doch unter dem Meeresspiegel. Die Menschen sind selber schuld, wenn sie in Sumpfgebieten ihre Häuser bauen. Jedes Jahr läuft Wasser in die Häuser."

In der Schule in Deutschland waren sie so überzeugt, dass sie Geld überwiesen haben. Mit dem Sümmchen hätten sie einen Ausflug für eine Klasse organisieren können. Das wäre meiner Meinung nach sinnvoller gewesen, weil das Geld, das man einfach so von irgendwo bekommt, nichts wert ist und die Moral der Empfänger zerstört.

Noch zwei weitere Gespräche:

a) In Togo: „In Deutschland bekommt man doch Geld, wenn man keine Arbeit hat."

„Es gibt eine soziale Kasse, in die die Arbeitenden einzahlen. Wer arbeitslos wird und Geld bekommt, erhält zum Teil das, was er eingezahlt hat, zurück."

„Ich dachte, der Staat gibt das Geld."

„Es ist nicht so einfach. Der Arbeitslose muss für das Geld etwas leisten. Er wird ständig kontrolliert, muss regelmäßig Bewerbungen schreiben und beweisen, dass er sie geschrieben hat. Er wird bevormundet. Selbst die Größe seiner Wohnung wird geprüft, und er muss ausziehen, falls die Wohnung den Anforderungen für einen Arbeitslosen nicht entspricht. Bevor man die Leistungen kassiert, muss man seine Ersparnisse aufbrauchen."

„Was?"

„Natürlich. Wenn Du nebenbei Geld verdienst, wird das mit deinem Arbeitslosengeld verrechnet."

„Nein. Aber das geht doch nicht! Woher sollen sie das wissen?"

„Sie kontrollieren. Wenn du das nicht angibst, dann arbeitest du schwarz. Und das ist eine Straftat."

Derjenige, mit dem ich das Gespräch geführt habe, verdient als Radiologe in einer Klinik des Staates 200'000 CFA Francs. Eine schöne Summe in Togo. Abends geht er in Privatkliniken und verdient im Monat nebenbei bis zu 300'000 CFA Francs steuerfrei. Für schweizerisches Verständnis könnte man „schwarz" sagen, weil der Staat, der auch sein Arbeitgeber ist, nichts davon weiß. Als ihm erzählt wurde, dass er in Deutschland nicht so nebenbei Geld verdienen darf, glaubte er das nicht.

b) In der Schweiz: Das Gespräch fand in Freiburg während der Studienwoche der Fakultät für Wirtschafts- und Sozialwissenschaften statt.

Die Studentin: „Warum sollte man die Grenze aufmachen? Ein Afrikaner würde lieber in die Schweiz kommen, um arbeitslos zu sein, als in Afrika zu hungern."

Der Professor: „Waren Sie schon mal arbeitslos in der Schweiz?"

Die Studentin: „Nein."

Der Professor: „Kennen Sie einen Arbeitslosen?"

Die Studentin: „Nein."

Der Professor: „Ich wünsche Ihnen nicht, dass Sie in der Schweiz arbeitslos werden. Das kann man niemanden wünschen."

Am Ende des Vortrags ging ich zu der Studentin und erklärte ihr, dass es in Afrika keine Arbeitslosen gebe. Sie schaute mich völlig verblüfft an. In Afrika generell gibt es hauptsächlich Diplomierte ohne Arbeit. Und es gibt einen Unterschied. Der Arbeitslose in der Schweiz kann nicht einfach aufstehen und den Nachbarskindern Nachhilfe geben. Das ist schon eine Arbeit, die er anmelden muss. Er kann nicht Früchte in seinem Garten pflücken und auf der Straße verkaufen. Das ist schon ein Gewerbe, das er anmelden muss. Etwas, das jeder ohne weiteres in Afrika tun kann. Die Befugnisse und die Sorge des Staates begrenzen sich meistens auf seine Staatsangestellten. Der Rest handelt nach dem Motto: Ich erwarte nichts vom Staat, und der Staat hat nichts von mir zu fordern.

Nun sitze ich in der Mensa des Foyer St. Justin mit Studierenden aus Schwarz- und Nordafrika. Die Stimmung ist gut. Ich profitiere von dem Moment, um die Jungs zu necken, und bitte sie ein „Rätsel" zu lösen:

Einige Afrikaner beschlossen eines Tages, selbst ein Haus aus Zement zu bauen. Bis dahin hatten sie ihre Häuser aus Lehm und Stroh gebaut. Fortan fühlten sie sich fortschrittlich und beschlossen, ein Haus aus Beton zu bauen.

Sie bestellten den Zement in Frankreich, errichteten die Mauern und setzten ein Dach darauf. Sie waren glücklich, tanzten drei Tage und drei Nächte lang um das Gebäude, obwohl die Fenster und Türen noch nicht eingebaut waren. Sofort bezogen einige Leute, die dem Bauherrn nahe standen, das Gebäude und legten Bettdecken auf den Boden, um zu schlafen. Damit sie während der Regenzeit nicht nass wurden, hängten sie Planen vor die Fenster.

Der Bauherr gönnte sich eine Pause. Er wusste, dass das Gebäude bewohnbar war, und bestellte die Fenster, die erst in einem Jahr geliefert werden sollten. Alle nahmen sich Zeit.

Während der Baupause kamen einige Touristen aus Europa. Sie fanden es toll, dass Afrikaner in der Lage waren, Gebäude aus Beton zu errichten, und machten einige Fotos. Sie bemitleideten die Bewohner des Hauses und fragten, ob diese nicht frieren würden. Die Bewohner dachten: Wenn jemand mit uns Mitleid hat, dann hat er die Absicht, etwas Geld zurückzulassen, und bestätigten ganz traurig, dass sie froren. Die Touristen aber machten nur Fotos und kehrten nach Europa zurück.

In Europa zeigten die Touristen die Fotos ihren Nachbarn und Freunden. Die Leute saßen traurig bei der Diashow. Sie konnten nachvollziehen, wie kalt es den Leuten war. Sie wussten, in Europa lebte keiner in einem Haus, das keine Fenster besaß. Ein Gebäude ohne Fenster und Türen. Unfassbar! Es machte sie sehr traurig. Einige verließen die Veranstaltung mit Tränen in den Augen, gingen nach Hause, leerten ihr Sparschwein und gaben das Geld dem Chef der Touristen. Denn immer, wenn eine Gruppe beschließt, etwas zu machen, gibt es sofort einen Chef. Das liegt in der Natur der Sache. Der Chef schrieb nach Afrika und schilderte alles, was er nach seiner Rückkehr unternommen hatte. Der Bauherr erfuhr, dass Geld gesammelt wurde, und beschloss, die Lieferung der Türen zu verzögern.

Der Touristenchef reiste ein Jahr später nach Afrika und übergab das gesammelte Geld. Er wurde wie der Gesandte eines europäischen Königs empfangen und fand Spaß an der Sache. Er, der in seiner Heimat niemals in einer Zeitung aufgetaucht war, wurde plötzlich ehrenvoll empfangen und hofiert. Sein Herz hüpfte vor Freude. Er nahm Bilder auf und flog damit in seine Heimat zurück. Dort bewunderten seine Freunde die Fotos. Sie ermunterten ihn weiterzumachen. Jetzt schaffte er es sogar bis in die Zeitung seiner Heimatstadt.

Die Afrikaner stellten fest, dass sie Probleme hatten. Zuvor war ihnen die Lage nicht bewusst gewesen. Da ihre Probleme in Europa erkannt und diskutiert wurden, hatten sie kein Interesse mehr, diese Probleme selbst zu lösen. Mit den Spenden, die der Chef der Touristen mitgebracht hatte, kaufte der Bauherr minderwertige Fenster und beschloss, ein Obergeschoss zu bauen. Er wollte mehr Leute in seinem Haus. Je mehr Leute er in seinem

Haus unterbrachte, desto mehr würden seine afrikanischen Mitmenschen ihn schätzen und respektieren.

Jahr für Jahr setzte der Bauherr ein neues Stockwerk auf sein Haus. Die Afrikaner kannten sich mit der Betonbauweise nicht aus. Das Haus wurde schief. Sie bekamen Angst und bauten kein neues Stockwerk mehr. Sie hatten gerade drei Stockwerke geschafft.

Inzwischen besichtigten andere Touristen das Land. Sie fotografierten das schiefe Haus und fuhren in ihre Heimat zurück. Unter ihnen fand sich auch ein Chef, der Geld sammelte, um das schiefe Haus bewohnbar zu machen. Sie bestellten Tische und Stühle mit unterschiedlichen Beinen, damit die Bewohner des Hauses richtig horizontal schlafen konnten. Da immer mehr Afrikaner in dem Betonhaus unterkommen wollten, neigte sich das Gebäude zunehmend. Die Touristen und ihre Chefs wollten kein neues Haus finanzieren, sie bestanden darauf, dies sei die Sache der Afrikaner. Dennoch bestellten sie immer wieder Möbel mit unterschiedlichen Beinlängen. Je mehr das Haus kippte, desto unterschiedlicher wurde die Länge der Beine an Tischen, Stühlen und Betten.

Ich wurde unterbrochen. Ein Student meinte, das sei die Korruption in Afrika. Es gibt keine Korruption in Afrika, entgegnete ich ihm. Ein Verhalten, das alle praktizieren, vom kleinen Beamten bis zum Oberboss, kann nicht als Korruption bezeichnet werden. Eher würde ich das eine schlechte Angewohnheit der Leute nennen. In Europa könne man von Korruption sprechen, weil nur eine Minderheit sich so benehme.

Da rief Thierry: „die Entwicklungshilfe!"

„Genau!", sagte ich, „jetzt gehe ich weiter arbeiten."

Die Füchse

In der Fabel von Lafontaine schafft es der Fuchs, ein Stück Käse aus dem Schnabel des Raben zu bekommen, nachdem er diesen gelobt und der Rabe sich gefreut hat. So fühlte sich in Braunschweig ein westafrikanischer Künstler, der keine Aufenthaltserlaubnis hatte, obwohl er in der Stadt bekannt und sehr aktiv in der Kulturszene war, als eine militante Antifaschistin ihm anbot, ihn zu heiraten, damit er seine Lage verbessern konnte. Sie sagte: „Hoffmann will nicht, dass du in Deutschland bleibst, dann heirate ich dich." Hoffmann war der Bürgermeister, gehörte der konservativen Partei an, war unbeliebt, wurde aber erstaunlicherweise stets mit absoluter Mehrheit wiedergewählt.

Die Frage, die der Künstler sich nach dem Gespräch stellte, war: „Will sie mir helfen oder will sie mich im Kampf gegen Hofmann instrumentalisieren?" Da er mehr an den zweiten Grund glaubte, lehnte er das Angebot dankend ab und hatte viele Jahre später seine Probleme mit der Aufenthaltsgenehmigung immer noch nicht geregelt. Hätte sie nicht den Namen des Bürgermeisters genannt, hätte er sich wahrscheinlich überlegt, ob er das Angebot nicht doch annehmen sollte.

Viele Immigranten müssen sich diese Frage stellen, wenn ihnen von sogenannten Migrantenorganisationen geholfen wird. Ist es vernünftig, jahrelang Sans-Papier zu bleiben oder ein Leben im „Standby" zu führen? Es ist immer wichtig zu wissen, was für Hilfe man braucht, sonst wandert man von Land zu Land, und letztendlich bleibt man nicht ewig jung. Das sind die Probleme, die die Welt in naher Zukunft lösen muss: Ländernomaden, die ins Rentenalter kommen.

Mit den nächsten Erzählungen zeige ich Ihnen, wie die Füchse agieren.

Es war die Zeit der Apartheid in Südafrika, die übrigens auch mit der Bibel begründet wurde. Alle Afrikaner befanden sich überall auf der Erde in einem generellen Kampf gegen alle weißen Unterdrücker. Überall hieß auch in Deutschland, denn auch, wenn es keine Apartheid in Deutschland gab, litten die Afrikaner unter Aufenthaltsverboten in den Diskotheken oder Kinosälen und an anderen Schikanen der Gesellschaft. Daher zeigten sich die Afrikaner weltweit solidarisch und hilfsbereit, sobald eine Schwester oder ein Bruder Probleme hatte.

Kwame befand sich auf einer Zugfahrt von München nach Braunschweig. Er war müde und träumte vom Wiedersehen mit seiner Familie. Ein deutscher Mitreisender stupste ihn an und holte ihn aus seinen Träumen in die Gegenwart zurück. Befremdet schaute Kwame den Mann an, der sich entschuldigte und ihm mitteilte, dass seine Sitznachbarin, eine schwarze Frau, weine. Er wisse nicht, was die Frau habe. Vielleicht könne er, weil er auch ein Schwarzer ist, sich mit der Frau besser verständigen.

Kwame folgte dem Mann und erblickte eine in Tränen aufgelöste Frau. „Was hast du, Schwester?", fragte Kwame väterlich und setzte sich neben die Frau, die immer noch schluchzte. Er schlug dem Deutschen einen Sitzplatztausch vor, und dieser zog sich verständnisvoll zurück.

Die Frau erzählte Kwame unter Schluchzen ihr Problem. Sie sei Studentin und wünsche sich nichts anderes, als ihr Studium erfolgreich zu beenden. Leider hätten ihre Eltern ihr kein Geld mehr überwiesen, deshalb weigerten sich die Ausländerbehörden, ihre Aufenthaltsberechtigung zu verlängern. Sie müsse Deutschland spätestens in einer Woche verlassen. Obwohl sie einen Job habe, wolle der Sachbearbeiter dieses Einkommen für ihr Studium nicht anerkennen. Sie müsse einen bestimmten Betrag auf ihrem Konto vorweisen.

Kwame beruhigte sie. Er fragte die Frau, wohin sie wolle. Sie antwortete, sie sei auf dem Weg nach Hamburg. Sie wolle eine Freundin, eine Frau aus ihrer Heimat, besuchen und diese bitten, ihr Geld zu borgen. Immerhin wolle sie es nicht ausgeben, es sei nur zum Vorzeigen. „Also nun", sagte Kwame, „wo liegt das Problem? Sie haben doch eine Lösung in Aussicht." Die Frau wischte sich mit dem Taschentuch über das Gesicht und entgegnete: „Es ist der Besuch bei dieser Frau, der mich bedrückt. Ich fühle mich total erniedrigt, weil meine Freundin im horizontalen Gewerbe arbeitet. Ich bedaure, dass ich auf ihre Hilfe angewiesen bin."

Kwame empörte sich: „Das kannst du nicht machen! Du bist eine Afrikanerin, wir müssen zusammenstehen. Ich versuche dir zu helfen, soweit ich kann. Du brauchst doch das Geld nur zum Vorzeigen?" Die Frau nickte. „Gut, komm mit", fuhr Kwame fort, „wir steigen in Braunschweig zusammen aus. Ich werde in der Gemeinde versuchen, Geld für dich zu sammeln."

Sie trocknete ihr Gesicht und wirkte still und nachdenklich. Während der Fahrt erzählte sie dann in abgehackten Worten, sie sei als Stipendiatin ihres Landes nach Deutschland gekommen. Nach dem Regierungswechsel in der Heimat habe sie ihr Stipendium verloren, weil ihre Eltern angeblich dem falschen Lager angehörten. Deshalb müssten ihre Eltern ihr seither Geld überweisen. Leider ginge es ihnen finanziell nicht mehr gut.

Kwame wurde wütend. Er fluchte gegen die korrupten afrikanischen Politiker und gegen diese verdammten deutschen Gesetze. Er teilte der jungen Dame mit, er sei nur wegen der Liebe zu seiner Frau noch in Deutschland, sonst hätte er das Land längst verlassen. Seiner Meinung nach hätte der Angestellte ihr das Visum erteilen können, denn solange die Studentin nicht in finanzielle Not geriete, könne er doch ein Auge zudrücken.

Der Zug hielt in Braunschweig. Die beiden stiegen aus. Kwame nahm ein Taxi und fuhr mit der Afrikanerin nach Hause, wo diese herzlich von Kwames Frau empfangen wurde. Sie sagte ihr, dass sie sich für ihr eigenes Land schäme. „Wie kann man mit Menschen so umgehen?", klagte sie. Man gab ihr zu essen, und Kwame bot ihr an, sich im Gästezimmer ein wenig hinzulegen. Sie solle sich keine Gedanken machen und versuchen sich auszuruhen.

Während sein Gast tief im Schlaf lag, rief Kwame alle möglichen Leute in der Stadt an. Afrikaner und Deutsche, die sich als Afrikaner oder auch nur als Freunde Afrikas fühlten. „Wir dürfen keine Afrikanerin fallen lassen!", mahnte er in seinen Telefonaten. So telefonierte er mit Koffi, und bat ihn, seine eigenen Freunde anzurufen. Koffi rief Aliou und Pascal an. Die beide riefen ihrerseits weitere Personen an. Viele waren bereit, der jungen Afrikanerin das Geld zu geben. Einige Tage darauf zu verzichten, war für sie kein Problem, denn alle wussten, dass sie ihr Geld zurückerhalten würden, sobald die Frau ihr Visum hatte.

Aus den Rundtelefonaten kam eine beträchtliche Summe zusammen. Die Hilfsbereiten stürmten die Wohnung von Kwame und übergaben der Afrikanerin das Geld, damit sie am nächsten Tag zu den Ausländerbehörden in ihrer Stadt fahren könnte.

Die Afrikanerin kassierte das Geld ein. Richtig ein. Denn nach ihrer Abfahrt stellte Kwame noch am selben Tag fest, dass ihr Name falsch war, dass ihre Telefonnummer falsch war, ebenso auch ihre Anschrift. Nur das Geld, das sie mitgenommen hatte, war echt. Die Schwester hatte einfach im Namen Afrikas ihre Schwestern und Brüder abgezockt und verschwand endgültig.

PS. Statt Afrika, Apartheid, usw. verwenden Sie bitte die Begriffe Islam, Amerika, Kampf gegen den Terror, Nahost, Ausländer, Arbeitslose, Asylbewerber, Welthunger usw., und schreiben Sie diese Geschichte neu.

EXKURS: DER BRIEF AUS DEM URWALD

Und nun versucht ein ehemaliger Student seine schweizerische Freundin mit falschen Informationen fern zu halten:

Liebe Gudrun,
seit ich die Schweiz verlassen habe, finde ich erst heute die Kraft, einen Brief zu schreiben. Zuerst will ich mich für deine unzähligen Briefe bedanken. Sie bereiten mir jedes Mal große Freude, wenn ich sie erhalte. Ich würde dir gern eine Telefonnummer geben, wenn ich eine hätte. Hier besitzt nur die Polizei eine Leitung, und sie lassen keinen dran. Denn sie meinen, die Verbrecher würden tätig werden, sobald die Leitung besetzt ist.

Mach dir keine Sorgen, es geht mir gut, und ich denke Tag und Nacht an dich. Du fehlst mir sehr, aber ich glaube, wir müssen uns beherrschen und den Willen Gottes akzeptieren. Ich werde dich nie vergessen und bis zu meinem Tod lieben. Deinen Geruch kenne ich immer noch. Sobald ich dich vermisse, schnüffle ich an deinem T-Shirt.

Ich sitze gerade mitten im Busch in Afrika, auf meiner Veranda, unter klarem Himmel. Ich kann sogar die Sterne zählen. Tausende Tiere krächzen, singen und pfeifen um mich herum. Es weht mir ein lauwarmer Wind entgegen, nur die Moskitos mit ihrem Summen nerven ein bisschen. Sie gelangen in meine Ohren, obwohl ich ein Lagerfeuer gemacht habe, in das ich Maiskolben gesteckt habe, um einen starken Rauch zu erzeugen. Dabei fällt mir gerade ein, dass ihr in der Schweiz viel Lärm veranstaltet, um das CO_2 zu reduzieren. Hier brauchen wir das CO_2, um die Mücken zu vertreiben. Damit verjage ich auch die Schlangen, die mich nicht in Ruhe schlafen lassen.

Kannst du dir das vorstellen? Beim Aufwachen letzte Woche sah ich etwas unter meiner Tür hindurch gleiten. Es war eine Schlange. Ich musste all meinen Mut zusammennehmen, um sie zu töten. Ihr habt Glück in der Schweiz, ihr könnt den Tierschutzverein anrufen. Was schreibe ich überhaupt? Schlangen brauchen keinen Schutz, ich töte sie. Jeden Tag laufe ich zwei Kilometer, um Wasser zu holen. Hier gibt es weder Wurst noch Käse, keinen Pizza-Kurier. Ich muss jeden Tag kochen. Es ist absolut nicht deine Kultur. Ab und zu besucht mich eine entfernte Cousine, um mir im Haushalt zu helfen. Sie meint, sie könne nicht zusehen, wie ich Wasser hole, obwohl ich lange in Europa gelebt habe. Sie hilft mir wirklich nur, Wasser zu holen. Mehr nicht. Übrigens, sie ist schwanger. Nicht von mir, ich kenne den zukünftigen Vater nicht. Das interessiert mich auch nicht. Es ist nicht mein Problem.

Willst du wirklich hierher kommen? Das Leben ist hart. Es ist nicht wie in der Schweiz. Ich schlafe auf einer Matte. Sie ist zwar dick, aber hart. Du, mit deinen Rückenproblemen, das kann dir nicht gut tun. Ich habe keinen

Strom, ich beleuchte meine Wohnung mit einer Petroleumlampe. Kannst du dir vorstellen, in einem Haus zu leben, wo die Dunkelheit nach einem Meter Entfernung von den Leuchtmitteln beginnt? Lass das, bleib in der Schweiz, bitte. Such dir einen anderen Mann. Ich weiß, du liebst mich. Aber es gibt doch eine Unmenge von Männern in der Schweiz. Warum muss ich dein Auserwählter sein? Meine Cousine mag auch nicht so gern fremde Frauen. Und ich brauche sie für die Küche. Sie kocht für mich, weil ich vergessen habe, wie man afrikanisch kocht.

Meine süße Prinzessin, ich weiß nicht, warum du so ein Theater machst, warum du so viele Briefe schreibst. Ich wollte in der Schweiz bleiben, aber deine Regierung wollte es nicht. Beschwere dich bei deiner Regierung, dass sie deinen Liebsten ausgewiesen hat. Was kann ich dafür? Hier in Afrika ist es wirklich schlimm. Du weißt doch, das Wasser muss abgekocht werden, die Polizei ist überall, wir haben keine Demokratie hier. Die Leute werden nicht verhört, sie werden geschmort. Storniere bitte deinen Flug. Lade deinen Nachbarn zum Trinken ein. Er ist doch nett, der Stefan. Er verdient auch gut. Mist! Siehst du das Blut auf dem Papier? Eine Mücke hat mich gestochen. Ich will den Brief nicht noch mal von vorne anfangen, aber es ist der Beweis, dass hier alles gefährlich ist, selbst beim Schreiben fließt mein Blut. Die Moskitos sind sehr gierig.

Stell dir mal vor, wie viel CO^2 deine Reise produzieren würde: Du bleibst in der Schweiz und schonst die Natur. Ich liebe dich trotzdem. Aber bleib Afrika zuliebe in der Schweiz. So, meine Liebe, ich muss den Brief beschließen. Die Moskitos werden immer aggressiver, es sieht so aus, als ob sie nicht dafür sind, dass ich weiterhin schreibe.

Sei geküsst und leb wohl. *Valentin*

Die Begegnung mit der Moral

Ständige Angst, innere Unruhe, Hoffnungslosigkeit, Verunsicherung, Minderwertigkeitskomplexe, Heimweh, psychische Belastungen sind die häufigsten Begleiter der Migranten. Sie laufen auf einem schmalen Pfad, wo rechts und links Gefahren lauern. Manchmal befinden sie sich auch in der Lage eines Vogels, der über einem Feuer fliegt, dem die Puste nie ausgehen darf, der nie müde werden darf, seine Flügel zu schlagen, weil er sonst verbrennt. Die Gesetze sind gnadenlos, der Weg ist schmal, die Liebe kann zum Verhängnis werden und die Moral eine große Last. Eine Bekannte sagte darüber: „Moral muss man sich leisten können."

Der Gesetzgeber entscheidet über Menschen, die den natürlichen Reflex haben zu reagieren. Die Reaktionen werden vom Gesetzgeber nicht immer erwartet. Die Entscheidungsträger befinden über Menschen, deren Lebensumstände sie nicht unbedingt kennen. Die einzigen Schlupflöcher, die in vielen Ländern für die unbeliebten Immigranten übrig bleiben, um einwandern zu können, sind binationale Heiraten. Anhand dieser Erzählungen, die auf wahren Begebenheiten beruhen, sehen Sie, zu was diese Menschen gezwungen werden. Dies ist nur ein Bruchteil.

Blinde Liebe in Paris

Felix bekommt keine Luft mehr, seine Brust fühlt sich an, als ob sie gleich platzen wird. Sein Herz rast, und er kann seine Verzweiflung kaum beherrschen. Er redet mit sich selbst und läuft, er läuft ohne Ziel und weiß irgendwann nicht mehr, wann er jemals so weit gelaufen ist. Er blickt umher und beschließt, sich auf eine Bank zu setzen. Er fasst sich an den Kopf und schüttelt ihn mehrmals hin und her, nach rechts und links. „So schnell kann die Zeit vergehen", murmelt er, „was für ein Leben führe ich?" Er spürt auf seiner Schulter die ganze Last der letzten zwei Jahre. Zwei Jahre lebt er nun versteckt in diesem Pariser Viertel wie in einem offenen Gefängnis. Seit zwei Jahren ist er nicht mehr mit öffentlichen Verkehrsmitteln gefahren, weder mit der Metro noch mit dem Bus. Er verlässt das Viertel nicht, aus Angst, in eine Razzia zu geraten und kontrolliert zu werden. Er hat in der Schweiz studiert und ist mit seinem Masterdiplom in der Tasche zu seiner Freundin Sylvie nach Paris gereist. Eigentlich nur für einen Monat, danach wollte er endgültig in die Heimat fliegen. Aber in Paris angekommen, hat ihm seine Freundin mitgeteilt, dass sie nichts von einer Fernbeziehung halte. Seine sofortige Weiterreise nach Mali bedeute für sie das Ende ihrer Beziehung. Sie hätten sich zwar regelmäßig besucht, als er in Freiburg studierte, aber die Entfernung nach Mali sei unüberwindbar. Er könne auf sie in Paris warten, indem er sich einen kleinen Job suche, bis sie ihren Abschluss gemacht habe, danach würden sie zusammen die Heimreise antreten.

Die Liebe kann blind machen, aber blind sollte man seinem ausländischen Status gegenüber nie sein. Nun fühlt er sich gefangen, sein Schweizer Aufenthaltstitel, mit dem er nach Paris reisen konnte, ist abgelaufen, und jetzt lebt er illegal. Um sich über Wasser zu halten, arbeitet er in einem Restaurant, zwei Straßen entfernt von seiner Wohnung. Nach der Arbeit schleicht er sich vorsichtig nach Hause. Er nimmt nicht den Aufzug, sondern steigt lieber die Treppen bis zum siebten Stockwerk, denn er befürchtet, mit den Hausbewohnern ins Gespräch zu kommen und sich zu verraten.

Nun ist er äußerst besorgt, weil sein Arbeitgeber ihm mitgeteilt hat, das Geschäft laufe nicht gut und er erwäge aufzugeben. Was soll aus ihm werden? Er kann keine Arbeit außerhalb dieses Kreises suchen. Er muss die Kette, die ihn an die Rue Barbès fesselt, zerbrechen.

Seine Freundin hat bis jetzt stets alle seine Lösungsvorschläge abgelehnt. Er hat ihr gesagt, dass er eine Frau mit französischer Staatsangehörigkeit suchen werde, die er bezahlen wolle, damit sie ihn heirate. Damit löse er sein dringendstes Problem und könne eine vernünftige Arbeit suchen. „Nein, liebst du mich nicht mehr? Wie kannst du auf solche Gedanken kommen?", hat Sylvie erwidert. „Warte, bis ich meinen Master mache, dann reisen wir aus Frankreich ab. Ob du legal oder illegal bist, niemand wird dich aufhalten, wenn du Frankreich verlässt."

Schön, für die Liebe steht er nun auf Standby seit zwei Jahren. Das gefällt ihm nicht mehr. Er will raus. Wegen dieses Zustands hat er nicht mehr viel Freude mit Sylvie. Er kann nicht mal im Internet nach einer heiratswilligen Frau suchen. Falls sie Interesse zeigt, wie kann er sich mit ihr treffen? Sie kann nicht zu ihm nach Hause kommen, und er will aus Angst auch keinen Zug nehmen.

In der Heimat, das hat er mittlerweile verstanden, hat er keine Chance auf eine Arbeit. Er hat die nötigen Unterlagen seinen Eltern geschickt, damit sie für ihn eine Stelle suchen. Aber die Eltern zeigen keinen Ehrgeiz bei dem Gedanken, dass der Sohn zurückkommt und Europa hinter sich lässt. Es hört sich doch gut an, wenn man auf einer Veranstaltung erzählt, dass der eigene Sohn in Frankreich lebt und seinen Unterhalt dort verdient. Das

Ansehen ist groß in der Gesellschaft. Das bedeutet, dass der Sohn aus Frankreich Geld überweist und dass man keine großen Sorgen mehr hat. Auch wenn man nichts von den Kindern bekommt, lässt man es die Nachbarn glauben.

Nun, da Felix nicht mehr sicher ist, ob er seine Stelle in der Küche behalten kann, bittet er einen chinesischen Kollegen um Rat. Der kennt jemanden, der gegen Bezahlung eine Lösung anbietet. Falls Felix kein Geld habe, werde die fällige Summe als Kredit betrachtet. Er solle sich überlegen, ob er den Mann treffen wolle. Der Kredit sei zu auf jeden Fall zurückzuzahlen. Es gebe kein Entrinnen und kein Versteck auf Erden, man würde ihn aufspüren. Felix hat um eine Bedenkzeit gebeten, und nun sitzt er auf der Bank.

Er überlegt noch. Er möchte Sylvie nicht wehtun. Diese stellt sich nur quer. Er hat schon versucht, die Beziehung zu beenden: „Es macht keinen Sinn, meine Liebe, wir sollten uns trennen, ich gehe meinen Weg, unsere Beziehung ist gegen die Natur. Schau mal, wie wir uns auf 12 qm drängen, ich will raus, ich möchte anders leben."

„Felix! Wie kannst du so etwas sagen? Wir lieben uns, und das ist alles, was zählt. Hab' Geduld, ich muss zwar dieses Jahr nachsitzen, aber das nächste wird besser, ich weiß, warum ich durchgefallen bin."

„Noch ein Jahr! Sylvie, ich kann nicht mehr. Die Zeit vergeht, und ich sehe keine Perspektive mehr. Die Küche im Restaurant ist doch nichts für mich. Ich bin Jurist!"

„Gut, du kannst dich trennen. Aber dann musst du gleich gehen. Sofort auf der Stelle!"

Felix überlegt kurz und checkt seine Lage. Wohin soll er gehen, wenn sie ihn rauswirft? Er gibt nach und nimmt sie in den Arm. Sie spricht ganz leise, fast flüsternd, und wird sanft: „Felix, wie kannst du daran denken, mich zu verlassen? Wir lieben uns. Bitte sag so etwas nie wieder." Er nickt und streichelt sie, während sein Herz vor Verzweiflung brennt.

Felix hat auf seiner Bank genug nachgedacht, seine Pause ist auch zu Ende. Er geht zurück ins Restaurant und erklärt seinen Kollegen, dass er bereit ist, den Erlöser zu treffen.

Türen folgen Türen, sie verlassen einen Hof und betreten den nächsten. Felix glaubt nicht mehr in Paris zu sein. Er läuft durch Werkstätten, wo Dutzende von Menschen Kleider nähen und bügeln. Er verliert die Orientierung und befindet sich plötzlich vor einem Mann, der ruhig redet und jedes Wort, das er benutzt, sorgfältig wählt. Er teilt Felix mit, der Fall sei schwer, aber nicht unlösbar. Normalerweise kümmert er sich um Chinesen, die in Frankreich auf natürliche Weise sterben. Ihre Ausweise werden recycelt, damit ein anderer Chinese anstelle der Verstorbenen nach Frankreich einreisen kann. Eigentlich ist ein Ausländer nicht so wichtig, dass sein Verschwinden irgendeine Alarmglocke läuten ließe. Man kann immer sagen, er sei nach Afrika gereist und nicht mehr zurückgekommen. Die Franzosen freuen sich, wenn ein Ausländer sich endgültig ins Ausland absetzt.

„Bist du bereit, deine Freundin zu verlassen und in eine andere Stadt zu gehen?", fragt der Unbekannte. Diese Lösung sei einfacher, als sich um die Freundin zu kümmern. „Ich kann dir kaum den Ausweis eines verstorbenen Chinesen geben." Sie lachen alle drei. Der Mann legt seine Forderungen auf den Tisch. Felix möchte einfach raus aus der Klemme und ist einverstanden. Der Unbekannte gibt ihm Bedenkzeit und verspricht, bis zum Wiedersehen einen konkreten Plan ausgearbeitet zu haben.

In der Nacht findet Felix keine Ruhe. Er hat Sylvie nicht erzählt, dass er eventuell seinen Job verlieren wird. Er weiß, sie wird ihm sagen, er solle sich keine Sorgen machen, es werde sich schon etwas anderes finden. Es ist auch nicht leicht zu wissen, dass er sie nie wieder sehen wird. Wahrscheinlich wird der unbekannte Mann für ihn eine Frau finden, die bereit ist, ihn gegen Geld für eine Weile zu heiraten. Er ist unruhig und wälzt sich schlaflos hin und her. Sylvie wacht auf: „Warum schläfst du nicht, Schatz. Alles wird gut. Bitte schalte ab.“

„Nein, ich mache mir keine Sorgen, ich denke nur an dich.“

„Oh, mein Liebster. Schlaf, bitte schlaf. Ich bestehe meine Prüfung in diesem Jahr schon.“ Sie dreht sich zu ihm und küsst ihn. „Gute Nacht, mein Schatz, versuch zu schlafen.“

Der russische Professor

„Das ist Diebstahl! Reiner Diebstahl!“, ruft der russische Geologie-Professor und ballt seine Faust in der Luft. Er ist empört und wütend über den Brief, den er erhalten hat. Seine Augen sind nass vor Tränen, die wie Wolken auf ein Gewitter warten, um zu fließen. Trost findet er zuerst bei der Wodka-Flasche, die auf dem Tisch vor ihm steht und deren Inhalt langsam und still in seinen Magen umgefüllt wird.

Zwei Freunde sind zufällig vorbeigekommen und werden nun Zeugen der moralischen Demontage des Wissenschaftlers, der die Schweiz liebt, aber kein Verständnis für ihre Gesetzgebung hat. Ja, keine Verständnis. Und dies zehn Jahren, nachdem er dieses Land als seine Heimat gewählt hat.

Zurück zum Anfang. Der Geologe hat mit einer guten Note sein Studium abgeschlossen und fand eine Doktorandenstelle. Bald darauf hat er verstanden, dass er seinen Traum als Wissenschaftler in der Schweiz nur dann verwirklichen kann, wenn er seinen Aufenthalt dauerhaft sichert. Eines Tages lächelte die Kassiererin des Supermarktes ihm beim Einkaufen zu. Er erwiderte das Lächeln, sie wechselten ein paar Worte, und er erkundigte sich kurz nach den Arbeitszeiten der Dame. Die Frau wurde das Kundenbindungsprogramm, das seine Treue zu dem Lebensmittelladen begründete. Dem täglichen Einkaufen folgte später eine Einladung zum Wochenende, und nach einer Weile läuteten die Kirchenglocken.

Dass ihre Welten unterschiedlich sein könnten, erfuhr der Wissenschaftler bald nach der Hochzeit. Er war kaum zu Hause und reiste von Konferenz zur Konferenz, was die Frau als Urlaubsreisen statt als Arbeitsreisen betrachtete. Für seine Frau hatte eine Woche 40 Arbeitsstunden, der Professor aber liebte es, sich außerhalb seiner Zeit in der Universität in sein Arbeitszimmer zu Hause zurückzuziehen, um zu lesen. Doch genau zu diesem Zeitpunkt erwartete seine Frau von ihm Mithilfe im Haushalt. Von Monat zu Monat wurden die Widersprüche größer. Der Mietvertrag lief auf den Namen der Frau, weil der russische Wissenschaftler zur ihr gezogen war. Er musste also ausziehen und mietete ein teures Hotelzimmer. Der erste Brief, den er hier erhielt, deutet schon auf das voraus, was ihn in den nächsten Jahre erwarten sollte: Du musst mir jeden Monat einen Betrag überweisen. Über die Höhe musst du oder ein Richter entscheiden. Wenn du mit mir sprichst, können wir die Summe für dich niedrig halten, ansonsten wird mein Anwalt alles tun, damit sich mein Lebensstandard nach der Scheidung nicht verschlechtert.

Als Professor hast du mich an einen Lebensstandard gewöhnt, den ich mit meinem Lohn nicht halten kann ...

Die beiden Freunde lesen nun den Brief des Richters, der eine Summe vorläufig festgelegt hat. In einem zweiten Brief beklagt sich die Frau, der Betrag sei zu niedrig. Der Geologe sieht jedoch nicht ein, dass er überhaupt etwas bezahlen muss.

„Was wollen die Gesetzgeber?", ruft einer der Freunde. „Sie bewerten einfach die Ehe höher als die Wissenschaft. Egal wie viele Zeugnisse man zusammensammelt, man bekommt nie eine Aufenthaltsgenehmigung, wenn man weder Schweizer noch EU-Bürger ist. Damit musst du wohl leben, es ist der Preis, den du bezahlen musst, um in der Schweiz forschen zu dürfen. Nimm das an und zahle. Bitte, überweise ihr das Geld."

„Wie lange?", schreit der Professor und beginnt zu heulen, endlich fließen die Tränen. Der zweite Freund gießt Wodka in das Glas nach und schiebt es ihm zu. „Trink mal, und wenn du nicht zahlen willst, dann such ein anderes Land und wandere aus. Trink mal, trink." Er füllt zwei weitere Gläser, der andere greift zu, „komm schon, komm schon ... Prost, und auf deine Gesundheit." Hüstelnd nimmt der Professor das Glas, und heulend sagt er: „Aber nicht auf die Gesundheit meiner Frau!" Dann sagt einer der Freunde auf Französisch : « A la santé de nos amis et à la dysenterie de nos ennemies ! » Auf die Gesundheit unserer Freunde und auf die Ruhr unserer Feinde!

Das Wetter ist schön und mild an diesem Tag, ich schaue auf die Uhr und beschließe, eine Pause in der Cafeteria der Universität zu machen. Auf dem Weg dorthin sehe ich die neue Ausgabe des Uni-Magazins *Universitas* ausliegen und nehme ein Exemplar mit. Der Titel macht mich neugierig: *Egalités des chances.* Auf dem Cover das Foto eines schwarzen Mannes. Beim Blättern lese ich, dass der Fotograf, Pierre-Yves Massot, die Aufnahmen einige Jahre zuvor in Asylbewerberheimen gemacht und sie der Redaktion zur Verfügung gestellt hat.

Nach der Pause in der Cafeteria entscheide ich mich, zum Place Python, mitten in der Stadt, zu gehen, wo ich schon oft Menschen gesehen habe, von denen ich annehme, dass sie im Freiburger Asylheim wohnen und nachmittags kommen, um Passanten anzuschauen und um sich ein bisschen von ihren Sorgen abzulenken.

Immer wenn ich ein neues Gebiet betreten möchte, suche ich zuerst die Afrikanerinnen und Afrikaner aus. Menschen mit arabischer oder asiatischer Herkunft haben mit mir keine offensichtliche Gemeinsamkeit, wie Hautfarbe oder soziale Lage, die sofort an den Kleidern oder an der Aussprache erkannt werden kann. Trotzdem scheitern meine ersten Kontaktversuche auf dem Place Python. Das Gespräch verläuft etwa so:

„Salut."

„Salut."

„Everything OK?"

„OK."

Dann schauen sie ernst in die Ferne und signalisieren mir, dass sie nicht gerne reden wollen. Ich habe fast aufgegeben, mich mit einem Asylbewerber zu unterhalten, als ich Barri begegne. Ihn angele ich mit einer anderen Methode. Vom Place Python aus laufe ich durch die Lausannegasse und höre, wie ein Mann mit einem mir bekannten westafrikanischen Akzent telefoniert. Nachdem er sein Gespräch beendet hat, frage ich ihn, ob er wisse, wo die Altstadt sei. Er nickt und schlägt mir vor, mich zu begleiten. Ein Glück, denke ich, und lerne so einen Bewohner des Freiburger Asylheims kennen.

Der Fotograf hatte das Glück, seine Models in ihre Zimmer zu begleiten. Acht Wochen lang tue ich alles, damit Barri mich zu sich einlädt. Vergeblich. Immer wieder begleitet er mich bis zu meiner Unterkunft, und wenn ich frage: Wo wohnst du eigentlich?, zeigt er nur die Richtung. Dort! Ich verstehe, dass er mir seine Unterkunft nicht zeigen will. Nicht mal die afrikanische Bruderschaft kann mich in das Asylheim bringen. Ich stelle auch nicht viele Fragen, ich jammere mit ihm und beschwere mich über das Leben. Langsam gewinne ich einen Einblick in das Leben dieser Bewohner.

Häufiger gehe ich auf den Place Python und suche die Nähe der Afrikaner. Ich setze mich nicht ganz dazu, aber auch nicht ganz weit weg, lausche den Gesprächen und höre, wie sie über ihre Problem diskutieren. Sie sind nicht sehr gesprächig, sie schauen nur den Passanten zu. Dann klingelt eines Tages ein mobiles Telefon.

Der Junge geht ran: „Ich habe das Geld schon überwiesen ... Ja, die Waren werden morgen nach Afrika verschickt." Dann klingelt das Telefon eines anderen ... Dieses Mal spricht der junge Mann nicht französisch, sondern meine Muttersprache. Ah!, denke ich, der Junge ist nicht nur ein afrikanischer Bruder, sondern ein beninischer Bruder. Er muss ein Schweizer Freund werden.

Er ist der Draht, der mich in dieses berühmte Asylheim bringen wird.

Ich spreche ihn in meiner Muttersprache an. Er sieht mich an und lächelt. Ich gebe ihm die Hand und stelle mich vor. Er sagt einen Namen, der komisch klingt, ich stutze, er merkt, dass ich ihm seinen Namen nicht abnehme, ich hake ein bisschen nach, dann erzählt er, dass er Baba heiße und eigentlich nicht in unserer Heimat groß geworden sei, sondern in dem Land, in dem gerade Krieg herrsche. Ich glaube es nicht, tue aber, als ob ich das glaube.

Ich erzähle ihm, dass ich mich in der Schweiz für eine Reportage aufhalte. Und ich frage ihn, was für Ware sein Freund verschicken will, ohne sich zu scheuen, in das Telefon zu brüllen. Seiner Erklärung nach verkauft der Freund nichts Illegales, sondern koordiniert von der Schweiz aus den Versand von Kosmetikprodukten aus China nach Westafrika. Ich lache innerlich über mich selbst und schäme mich gleichzeitig. Ich habe an Drogen gedacht, aber der Mann ist nichts anderes als ein Handelsvertreter. Er überweist 2'000 Schweizer Franken nach China und lässt die Waren nach Westafrika verschiffen. Für die schweizerischen Behörden Peanuts, aber der Mann fühlt sich als Millionär, Millionär in CFA Francs. 2'000 Franken sind mehr als eine Million CFA Francs. Hätte der Mann eine andere Möglichkeit, seine Geschäfte zu betreiben? Ich bezweifele es.

Nun zahlt meine Freundschaft mit Baba sich aus. Er fürchtet mich nicht mehr, zeigt mir aber immer noch nicht seine Unterkunft. Ich gebe auf. Aus Respekt für die Asylsuchenden begrabe ich meinen Wunsch, das Asylheim zu besichtigen. Baba hat nichts zu tun. Er steht morgens auf und irrt ziellos durch die Stadt. Er hat Vertrauen zu mir und fängt langsam an, mir seine Geschichte zu erzählen.

„Was erwartest du von der Schweiz? Was kannst du der Schweiz anbieten?", frage ich.

„Ich kann arbeiten. Ich will auch arbeiten."

„Könntest du das in der Heimat nicht?"

„Doch, ich habe in der Heimat gearbeitet. Die Entscheidung nach Europa zu kommen, fiel innerhalb von zwei Tagen."

„Wie bitte?"

„Ja. Ich besuchte einen Geschäftsmann wegen eines anderen Anliegens. Er beschwerte sich über seinen Sohn, der sich weigerte, nach Europa zu gehen, um zu arbeiten. Ich fragte ihn, ob er tatsächlich die Kanäle kenne. Er sagte ‚ja' und fragte mich, ob ich Interesse hätte und ob ich einen Pass besäße. Er würde mir alles besorgen, wenn ich ihm 3'000'000 CFA Francs (4'500 Euro) gebe. Ich ging nach Hause und löste meine Ersparnisse auf. 48 Stunden später hatte ich das Visum für ein europäisches Land, das ich dir nicht nennen möchte. Ich kaufte mir ein Ticket, und während der Zwischenlandung in Paris habe ich meine Reise unterbrochen. Zuerst nahm ich den Zug und fuhr nach Italien, weil ich erfahren hatte, dass man in den Plantagen arbeiten könne. In Italien angekommen, war ich orientierungslos. Ich traf einen Afrikaner, dem ich erzählte, dass ich in Europa neu sei und nach einer Arbeit suche. Der Afrikaner sagte, man würde nicht so einfach eine Arbeit finden, da sei Italien das falsche Land, ich solle am besten weiter in den Norden reisen, um einen Antrag auf Asyl zu stellen. Ich nahm den Zug nach Genf, wo ich ausstieg und einen Asylantrag bei den Behörden stellte. So bin ich später Freiburg zugewiesen worden."

„Und nun? Wie geht es weiter mit deiner Zukunft? Du wirst doch nicht ewig jung bleiben."

„Warte doch! Sei nicht so ungeduldig. Mein Antrag wurde abgelehnt. Ich muss in den nächsten Tagen die Schweiz verlassen."

„Wo willst du hin? In die Heimat zurück?"

„Niemals! In die Heimat? Was soll ich sagen? Ich habe alles verloren. Ich fahre niemals in die Heimat. Lieber sterben."

„Und wenn ich für dich dort eine Arbeit besorge, würdest du dann hingehen?"

„Nur, wenn ich in der Hauptstadt arbeiten kann."

„Wenn die Bedingungen, in denen du jetzt steckst, dir bewusst gewesen wären, hättest du die Reise nach Europa angetreten?"

„Niemals!"

„Was willst du jetzt machen?"

„Ich suche eine Frau, die mich scheinheiraten kann."

„Kennst du welche?"

„Nein."

„Die Frage ist, was du einer Schweizerin bieten kannst."

Baba ist überrascht und schaut mich verblüfft an.

„Ja, was glaubst du, was du einer Schweizerin geben kannst? Ich nehme an, du hast kein Geld."

Er schüttelt verneinend den Kopf.

„Das ist die Frage, die du beantworten musst, bevor du dich auf die Jagd machst. Du hast keinen Abschluss. Eine Schweizerin wird sich fragen, ob du jemals eine Stelle finden kannst. Siehst du nicht, wie alle Tätigkeiten mit Automaten und Robotern durchgeführt werden? Du musst schon die Sprache und die Technik beherrschen."

„Ich werde es lernen."

„Das ist das Problem. Die Unternehmen haben keine Zeit, einen nicht ganz ausgebildeten Afrikaner anzulernen. Was ist mit den anderen Afrikanern? Was sagt ihr untereinander?"

„Nichts. Jeder kämpft für sich."

Baba sucht immer noch die Frau seines schweizerischen Lebens. Ich sage ihm, dass er jeden Tag, der vergeht, älter wird. Wann will er eine Familie gründen? Wann will er arbeiten? In Rente gehen? Viel Zeit hat er nicht. Meiner Meinung nach lebt er nicht mehr, er atmet nur noch ...

Kinder sind auch dabei

Juan kann Melitta nicht mehr suchen. Er hat sie quer durch Frankreich, die Schweiz und Deutschland gesucht. Er war in Belgien. Nach Italien hätte er nicht fahren dürfen. Aber er hatte keine Angst, ihm war nur wichtig, seine Tochter zu finden. Google, Yahoo und Bing halfen auch nicht mehr. In der realen wie in der digitalen virtuellen Welt hatte er nach seiner Freundin gesucht. Sie war weg. Er wusste selbst nicht mehr, wen er gesucht hatte, bis die Grenzpolizei ihn an der Grenze zwischen Frankreich und Italien festnahm. Er hatte ganz glücklich mit Melitta gelebt. Das einzige, was fehlte, war ein dauerhafter Aufenthaltstitel. Als Melitta schwanger wurde, hatte sie ihm vorgeschlagen, das Kind in der Legalität zur Welt kommen zu lassen. Zusammen suchten sie einen Mann, der bereit war, bei den Behörden den Vater zu spielen. Marc war bereit und bekam auch ein bisschen Trinkgeld. Er begleitete Melitta ins Krankenhaus, er betreute sie und verliebte sich wahrscheinlich in Mutter und Tochter. Sie sind aus dem Krankenhaus verschwunden. Juan konnte seine Tochter nur ein einziges Mal sehen. Er ist fast verrückt geworden. Nun kann er die beiden nicht mehr suchen. Gestern ist er nach Mexico ausgeschafft worden. Wird Melitta Mercedes erzählen, dass ihr Vater Juan, der Mexikaner, ist?

Im Gegensatz zu Mercedes ist Aurel sieben und steht mit seiner Mutter Mireille aus Guinea vor Gericht. Sie werden nicht abgeschoben, seine Mutter will sich nur scheiden lassen. Sie will sich von Türkan scheiden lassen, und Türkan will nicht, weil er sonst seine schöne Wohnung verliert. Türkan leugnet, der Vater des kleinen Aurel zu sein. Wie denn auch? Aurel ist ein ganz schwarzer Junge, sein wahrer Vater ist ein Westafrikaner, der wegen seiner Geschäfte mal kurz in Europa unterwegs war. Er kannte Mireille von zuhause und besuchte sie. Während dieses Besuchs zeugte er den kleinen Aurel. Mireille wollte ihn nur als Zeuger, zu mehr konnte sie ihn nicht gebrauchen, sie brauchte Papiere. Nach dem Doktorat hatte sie ihr Praktikum bei einem großen Versicherungsunternehmen gemacht und eine schöne Stelle gefunden.

Dem Zeitungsverkäufer von nebenan schlug sie eine Heirat vor, dafür bezahlte sie die Wohnung. Nun möchte Türkan mehr. Er will monatlich neben der Wohnung noch ein Taschengeld, weil seine Mitbürger immer weniger Zeitungen kaufen. Frau Dr. Mireille möchte nicht, sie fühlt sich erpresst und zieht vor Gericht. Nun droht er die Ehe als Scheinehe anzugeben, denn er weiß, dass Mireille dann ihren schönen Aufenthaltstitel und die schöne Stelle verliert. Jetzt geht es um alles. Mireille sagt, das Kind sei von ihm. Er streitet es ab. „Herr, Richter", sagt er, „Ich schlafe nicht mit ihr. Nie habe ich mit ihr geschlafen, ich stehe nicht auf Negerinnen!"

Das von Turkan vorgebrachte Argument der Scheinehe hat nicht funktioniert. Der Richter hatte Mitleid mit
Mireille. Sie ist geschieden, das Kind trägt jedoch immer
noch den türkischen Namen Odulü. Ob es einen Iden-
titätsschaden bekommt, müssen die Psychologen klären.
Aurel sieht auf alle Fälle gesund aus. Die armen Kinder,
was tun ihre Eltern ihnen an?

EXKURS: VERWANDTSCHAFTEN

Basil, ein ehemaliger Student aus Kamerun, hatte mehr
Vertrauen in seine schweizerische Umgebung als in die
Heimat. Er stellte am Ende seines Studiums fest, dass er
in das europäische Lebensnetzwerk hineingewachsen
war. In diesem Umfeld fühlte er sich sicherer, daher war
es ihm selbstverständlich, einen Weg zu suchen, damit
die Schweiz seine Heimat würde.

Die europäischen Länder wie auch die Schweiz suchen
in der ganzen Welt fieberhaft nach hoch qualifizierten
Köpfen. Aber nach welchen?

Der große und stämmige Kameruner hatte in Frankreich den Master in Grammatik gemacht, bevor er nach
Freiburg kam, um Germanistik zu studieren. Jetzt, da er
seine Masterarbeit schrieb, machte er sich keine Illusionen
mehr über eine Stelle, denn viele seiner schweizerischen
Kommilitonen besuchten nach ihrem Studium irgendeine
Umschulung, um als Krankenpfleger, Erzieherinnen oder
Museumswächter zu arbeiten. Andere fanden etwas in
ihrem Fachgebiet, wurden aber teilweise schlecht bezahlt. Als ausländischer Absolvent durfte er keine Umschulung machen.

Trotz erfolgloser Bewerbungen wollte er unbedingt in
der Schweiz bleiben, und so sah er nur einen Ausweg: die

Suche nach einer heiratswilligen Schweizer Bürgerin. Die Heirat hätte so in seinem Leben zwei wichtige Bedeutungen. Einerseits bekäme er Wärme durch die Anwesenheit der Lebenspartnerin, und anderseits erfüllte er sich einen Traum. Den Traum, endlich in Ruhe und ohne Fristen in seiner Wunschheimat leben zu können. Falls er nach der Heirat keine Arbeit fände, konnte er wenigstens in einer Gaststätte jobben. Sein Hauptziel: die Schweiz, die er liebte.

Er wurde Tag und Nacht unruhiger und schlief schlecht. Sein Herz schlug immer wieder „Schweiz, Schweiz". Neidisch blickte er nach den Vögeln, die grenzenlos fliegen und sich frei eine neue Heimat auswählen können. Es würde ihm schwer werden, sich von dem Schweizer Käse, von dem Cervelat und den Schweizer Bergen zu trennen. Immer wenn er daran dachte, dass er in wenigen Monaten seine Koffer packen musste, fühlte er Krämpfe in seiner Brust. Eine Hochzeitsbeute muss her, dachte er sich in einer Nacht, als er aus Angst plötzlich schweißgebadet wach wurde.

Das Leben ist wie eine Reihe von hintereinander geschalteten Labyrinthen, die man betritt, sobald eine Lösung für ein Problem gesucht wird. Ein Irrweg ist immer die Folge, wenn man sich ein Ziel vor Augen setzt. Basil hatte jetzt neben seinem Hauptziel ein neues Ziel. Er suchte eine in der Schweiz lebende Frau, die ihm durch die Heirat den Aufenthalt sichern konnte. Es musste nicht unbedingt eine Schweizerin sein, deren Ahnen in der Schweiz geboren waren. Eine beliebige EU-Bürgerin, Afrikanerin oder Amerikanerin könnte auch behilflich sein, wenn sie nur ihrerseits eine unbefristete Aufenthaltsgenehmigung hatte.

Bislang hatte Basil eher Pech gehabt. Während seines Studiums hatte er eine langjährige Beziehung mit einer Frau gehabt, die aus Nigeria geflüchtet war. Er war ziemlich sicher gewesen, dass seine Ex-Freundin ihn ohne zu zögern heiraten würde, und wurde enttäuscht, als er sie fragte. Wie so oft im Leben helfen die Leute, die selbst einen stürmischen Fluss überquert haben, den nächsten, die sich vorbereiten, denselben Weg zu gehen, am wenigsten. Die Frau trennte sich von ihm, als sie merkte, dass er ihr einen Heiratsantrag machen wollte. Trotz allem, was die beiden in der Vergangenheit zusammen erlebt hatten, sagte sie zu ihm: „Wir müssen zwar zusammenhalten, mein Lieber, aber du weißt selbst, Geld regiert die Welt. Hast du Geld, machen wir es sofort, hast du keins, sieh zu, dass du Land gewinnst oder such eine andere, die dich ohne Geld heiraten wird." Basil hätte einen Schock erlitten, wenn er ein schwaches Herz gehabt hätte.

Seit seiner Trennung von der Afrikanerin hatte er einige Erfahrungen mit Frauen gemacht. Auch wenn er diese Erfahrungen gern vergessen wollte, dienten sie doch dazu, nicht wieder in dieselbe Falle zu tappen, wie er immer sagte. Seine nächste Freundin musste eine Frau mit europäischer Abstammung sein. Er rechnete wie ein Mathematiker. Da sie die Mehrheit im Land bilden, glaubte er, dass seine Chancen größer waren, unter ihnen ein verständnisvolles und liebevolles Herz zu finden.

Während er anfangs ziellos und unbedacht die Frauen ansprach, stellte unser Freund irgendwann fest, dass er die Suche nach einer Frau gezielt steuern musste. Er kam zu dem Entschluss, dass die Zwanzigjährigen überhaupt nichts taugten. Sie waren finanziell kaum unabhängig, aber große Partygängerinnen. Er stand nicht so sehr auf Diskotheken und Partys. Er war eher der Typ von Geisteswissenschaftlern, die Zeitungen von der ersten bis zur letzten Zeile durchlesen, die gern Kunstausstellungen besuchen und dabei stundenlang vor demselben Bild stehen, es kommentieren und interpretieren, die Quelle der Inspiration des Künstlers suchend. Kurz gesagt, er war für eine Zwanzigjährige sehr langweilig. Er strich sie aus diesem Grunde aus seiner Präferenzliste.

Die Dreißigjährigen gehörten auch nicht zu seinen Favoriten. Sie waren am Anfang ihrer Karriere, hatten meistens kleine Wohnungen und suchten lieber den sicheren Mann, der wenigstens seine eigenen Rechnungen bezahlen konnte. Er hatte den Eindruck, dass sie noch viel Zeit zu haben glaubten und deswegen sehr wählerisch waren. Sie suchten den absolut strahlenden Prinzen. Basil war aber in seiner Lage sehr weit davon entfernt, ein Prinz zu sein. Es war klar, dass keine Frau aus dieser Gruppe einen Kerl wie ihn heiraten würde. Irgendwann hörte er auf, sie anzusprechen.

Die Vierzigjährigen und die Vierzigplus waren hingegen interessant. Sie waren Romantikerinnen. Sobald Basil ihnen erzählte, dass er als Bildhauer sein Brot verdienen wollte, antworteten sie häufig sehr interessiert mit „Wow!" Mit leuchtenden Augen fragten sie: „Afrikanische Kunst?" Er nickte mit seinem schweren großen Kopf und protzte mit der Gelassenheit eines Profis: „Ich schnitze Masken aus Buchenholz."

Als Siebenundzwanzigjähriger hatte er gelernt, dass er die Vierzig- und Vierzigplusjährigen mit Fingerspitzengefühl behandeln musste. Er musste genau wissen, wann eine Frau ihn als kleinen Buben oder als Mann betrachten würde. Sonst gab es Ärger. Einem Freund, der ihn fragte, was er mit diesen Frauen mache, antwortete er gelassen: „Siehst du nicht, wie die übervierzigjährigen Frauen heutzutage ihren Körper nicht mehr mit unzähligen Geburten strapaziert haben? Sie bleiben lange knackig und süß."

Aufmerksam beobachtete er in Supermärkten, in Straßenbahnen, in Bussen, in Museen, in Parks, im Freundeskreis usw. Er trieb sich sogar auf „Oldie-Partys" herum. Scharfsinnig und mit Geschick analysierte er jedes Wort, das aus dem Mund einer Frau kam. Er fragte mehrmals nach, um jegliches Anzeichen von gemeinsamen Interessen herauszufinden. Die Untervierzigjährigen waren häufig verletzt, wenn er sich abwandte, sobald sie ihm stolz ihr Alter verkündeten. Er wollte eine Übervierzigjährige.

Irgendwann wurde er fündig. Er überzeugte eine siebenundvierzigjährige Frau namens Martina. Eine Schönheit, wie er sie sich gewünscht hatte, ein bisschen kleiner als er, nicht zu dünn, mit dem wünschenswerten leichten Speckring um die Hüften und dem original afrikanischen Gesäß, das er zu kneten liebte.

„Alles ist perfekt", dachte er sich, „ich bin ein Glückskind." Martina war auch stolz auf ihn. Sie erzählte jedem Kollegen, jeder Freundin, jedem Verwandten, ihr Freund sei ein Künstler. „Ein afrikanischer Künstler. Hier in der Schweiz ist er noch nichts, aber in seiner Heimat ist er schon bekannt. Er hat schon einen Auftrag vom Präsidenten des Landes erhalten." Sie blühte vor Glück. Er auch.

Leider hatte der listige Student mit einer Person nicht gerechnet: mit seiner Mutter in Kamerun. Sie wurde wütend, als ihr Sohn ihr mitteilte, dass er eine Siebenundvierzigjährige heiraten wollte. „Eine Siebenundvierzigjährige! Sie ist genauso alt wie ich, Söhnchen. Hast du keine Jüngere gefunden?" So etwas kam für sie nicht in Frage. Sie beschloss, die Hochzeit zu verhindern, und rührte sich nicht von der Stelle, als ihr Sohn sie beauftragte, einige Unterlagen zu besorgen. Warum Basil unbedingt in der Schweiz bleiben wollte, verstand sie nicht. Sie jammerte, der Familie gehe es nicht schlecht in Kamerun, sie habe Lohn und Brot. „Was für ein Elend", sagte sie, „musst du jetzt eine Frau heiraten, die genau so alt ist wie deine Mutter, um dich in einem Land niederzulassen?"

Basil erklärte seiner Mutter, das sei nicht ungewöhnlich. Die Schweiz sei keine Ausnahme. Selbst den Schweizern gehe es in einigen Ländern genauso, sie müssten heiraten, um dort leben zu können. Alle Argumente halfen nicht. Die Mutter bestand darauf, dass er zurückkäme. Seine Geschwister hatten nicht den Mut, gegen das Veto der Mutter zu handeln, er konnte deswegen auf ihre Hilfe nicht zählen.

Basil brauchte unbedingt die Unterlagen, und er wollte sie auch. Zunächst hatte er die Hoffnung, seinen Vater am Telefon zu Hause zu erwischen. Immer wenn die Mutter sich meldete, legte er gleich auf. Nach einigen Versuchen probierte er es beim Vater im Büro.

Der Vater hatte nichts dagegen. Er verstand seinen Sohn. Basil hatte ihm alle Hintergründe erklärt. „Papa", sagte er, „sie ist siebenundvierzig, aber du würdest ihr dreißig geben. Sie ist knackig und sportlich, auf die afrikanische Art."

Der Vater beruhigte ihn. „Mach, was du willst, mein Sohn. Ich besorge dir die Papiere, die du brauchst. Nimm deine Mutter nicht so ernst, du weißt, sie ist immer so temperamentvoll, sie wird sich beruhigen."

Der Vater war eigentlich froh, dass sein Sohn fern von Kamerun blieb. So hatte er eine Sorge weniger. Käme Basil nach dem Studium in die Heimat zurück, müsste er ihn durchfüttern und für ihn die Bestechungsgelder in verschiedenen Ämtern hinterlegen, bis er eventuell eine Stelle als Lehrer fände. Das konnte lange dauern. So tat er alles, damit sein Sohn alle Unterlagen bekam, welche die Behörden für seine Heirat brauchten.

Basils Mutter erzählte jedem, der es hören und der es nicht hören wollte, dass ihr Sohn eine alte Frau heiraten werde. Das Paradox dabei war, dass sie sich ärgerte, sobald man sie fragte, ob sie selbst mit siebenundvierzig alt sei. Sie korrigierte ihre Aussage: „Die Frau ist nicht alt, sondern ist sie zu alt für ihn." So wie jede afrikanische Mutter wünschte sie sich Enkelkinder, und gerade diesen Wunsch konnte ihre Schwiegertochter nicht erfüllen. Die Leute forderten sie auf, sich nicht in die Angelegenheit ihres Sohnes einzumischen. Die Hauptsache sei sein Glück.

Sie konnte keine Gewalt anwenden, sie konnte nicht die Abschiebung ihres Sohnes bei den schweizerischen Behörden beantragen, und sie bedauerte, dass es solche Möglichkeiten nicht gab. Dennoch war sie in seinem Leben präsent. Sie übte sehr viel psychischen Druck mit Telefon- und Briefterror auf ihn aus. Einige Verwandte stellten sich auf die Seite der Mutter und riefen Basil in Freiburg an, damit er seine Heiratspläne aufgab.

Den größten Schock erlebte die Mutter, als sie während eines Einkaufs auf dem Markt einer Cousine begegnete. Die Cousine war fünfzig. Sie beneidete auf der Stelle Martina: „Was für ein Glück für eine Frau", sagte sie, „in diesem Alter noch einen jungen Mann zu finden. Ich nehme mir ein Beispiel daran. Der erste Junge, der sich traut und mir den Hof machen wird, den werde ich sofort einkassieren."

Sie bemerkte die verärgerte Miene ihrer Gesprächspartnerin. „Stell dich nicht so an. Ich bin seit dem Tod meines Mannes allein, sei mal ehrlich, was können wir mit den alten Knackern noch machen?"

„Du enttäuschst mich", entgegnete Basils Mutter, „ich habe dich immer für eine anständige Frau gehalten."

„Was nennst du anständig? Unanständig bin ich nur dann, wenn ich mehrere Liebhaber habe. Was spricht dagegen, wenn ich einen Jüngeren habe? Hör auf! Ich glaube, ich muss einen studentischen Kreis aufsuchen und regelmäßig besuchen. Es gibt so viele Interessengruppen auf dem Campusgelände. Es wird schon etwas dabei rauskommen ..." Ungeachtet des empörten Blickes ihrer Cousine kicherte sie, „oder ich stelle einen netten Chauffeur ein. Das ist genial! Bestelle bitte deiner Schwiegertochter in spe viele Grüße", fügte sie süffisant hinzu.

Die beiden Frauen verabschiedeten sich, und Basils Mutter verstand die Welt nicht mehr. Alles, was sie von ihrer Cousine hörte, klang wie Blasphemie. Sie blieb ihrer Meinung treu, welche aber für Basil glücklicherweise kein Hindernis darstellte. Die Liebe zu Martina hatte sich für ihn in ein wahres Glück gewandelt. Es funkte richtig zwischen den beiden Heiratswilligen. Nicht nur einseitig, sondern beidseitig. Der Vater bekam regelmäßig Fotos aus Freiburg und wurde Tag für Tag neugieriger auf die Stadt. Er fand nicht nur Martina schön, sondern auch alles, was auf den Bildern in Hintergrund zu sehen war. Er half seinem Sohn, und die Hochzeit konnte in der Schweiz stattfinden.

Angesichts dieser Begeisterung für seine Schwiegertochter und ihre Stadt war es nur eine Frage der Zeit, bis Basils Vater sich entschied, seinen Urlaub in Freiburg zu verbringen. Es sei seine Pflicht, seine Schwiegertochter und seinen Sohn zu besuchen, sagte er jedem, der sich mit ihm in dieser Zeit unterhielt.

Im folgenden Sommer flog er in die Schweiz und entdeckte nicht nur die jung gebliebene Ehefrau seines Sohnes, sondern auch die blumige Schönheit ihrer fünfundzwanzigjährigen Tochter, die Französisch studierte. Basil konnte tagsüber nicht sehr viel Zeit mit seinem Vater verbringen. Inzwischen hatte Martina die Nase voll von seiner Kunst, die kein Geld einbrachte, und sie hatte für ihn einen Job in einem Imbiss gefunden, damit er nicht unnötig die Haushaltskasse belastete. Jasmin, die Stieftochter, wurde zeitweise Stadtführerin. Sie zeigte Basils Vater, der von Wasserspringbrunnen fasziniert war, die Stadt und ihre Sehenswürdigkeiten: den Place Python, die Nikolaus-Kathedrale, Pérolles, die Altstadt, die Sarine, die Seilbahn, die ohne Elektronantrieb völlig hydraulisch funktioniert, usw. Er aß gern Schokoladen bei den verschiedenen Konditoreien der Stadt. Die sommerlichen Temperaturen waren sowohl für eine Schweizerin als auch für einen Afrikaner sehr angenehm und weckten gute Laune bei ihnen.

Der fünfzigjährige Afrikaner strahlte trotz seines Alters sehr viel afrikanische Wärme aus, so dass Jasmin darunter schmolz. Sie unterhielten sich viel über Kamerun. Jasmin bekam große Lust, die Heimat ihres Stiefvaters zu besuchen. Man konnte auch sagen, dass die beiden sich von den ersten Minuten an wunderbar verstanden. Sie amüsierten sich sehr gut. Was eigentlich auch normal war. Basil und seine Frau waren sehr glücklich darüber, weil Martina sich am Anfang auch Gedanken darüber gemacht hatte, wie ihre Tochter ihren neuen Ehemann aufnehmen würde. Ein Schwarzer! Ihre Bedenken hatten sich erfreulicherweise ganz aufgelöst. Sie fand die Situation noch schöner, als sie merkte, dass ihre Tochter mit ihrem Schwiegervater nach dessen Rückkehr nach Kamerun im Briefwechsel blieb.

Aus diesem Grund war keiner überrascht, als Jasmin verkündete, sie wolle ihre Ferien in Kamerun verbringen. Was sie tatsächlich nach einigen Wochen tat. Auch sie verliebte sich ihrerseits in das Land ihres Stiefvaters. Sie ging viel aus und fühlte sich richtig wohl. Es machte ihr Spaß, wenn die Kinder hinter ihr her rannten, sangen und „Cadeau, Cadeau" riefen. Sie gab an, das Chaos in dieser Stadt zu lieben, den Geruch der afrikanischen Erde, den sie nach jedem Regen wahrnahm. Sobald sie eine Trommelgruppe sah, gesellte sie sich dazu und tanzte mit. Sie reiste ins Innere des Landes und genoss die Spezialitäten, obwohl sie nicht alles mochte. Der Spaß, den sie in der Schweiz mit Basils Vater gehabt hatte, war wieder da.

Wenn dieser keine Zeit hatte, ging Jasmin ungern mit Basils jüngerem Bruder in die Stadt. Sehr oft lehnte sie ab, weil Jaunde, die Hauptstadt, ihrer Meinung nach nicht so kompliziert war, um einen Stadtführer zu benötigen. Der Bruder war immer wieder enttäuscht, wenn er eine Absage bekam, denn er träumte jede Nacht von ihr. Er wünschte sich nichts anderes, als mit ihr mindestens ein Wochenende auf eine Party zu gehen, bevor sie zurück in die Schweiz reiste. Die Mutter wurde misstrauisch. „Ich hoffe, du weißt, mit wem du ausgehen möchtest?", maulte sie. „Sie ist die Stieftochter deines Bruders. Also, irgendwie auch deine."

Natürlich war die Mutter etwas kalt gegenüber Jasmin, als sie ankam. Sie hatte zum Beispiel darauf bestanden, dass Jasmin in einem Hotel unterkäme, aber der Empfang wurde schließlich so, dass man ihn gastfreundlich nennen konnte. Jasmin wurde zum Essen eingeladen, sie zeigte der Mutter sogar, wie man Sahnesauce kocht.

Leider hatte Basils Mutter die falsche Person im Verdacht. Erst sehr spät merkte sie, dass die Stieftochter ihres Sohnes sich zurückhaltender verhielt, je länger ihr Aufenthalt in Kamerun dauerte, und dass ihr Mann abends sehr lange unterwegs war. Vieles kam nie heraus. Basil meinte, Jasmin habe in die Schweiz telefoniert und gesagt, dass sein Vater sie geküsst habe. Es war nur ein Kuss. Mehr nicht. Basils Vater erzählte seinem Sohn, als dieser ihm Inzest vorwarf, dass Jasmin ihn zuerst geküsst habe. Unter der afrikanischen Sonne hätten ihre Lippen eine unwiderstehliche Farbe bekommen. So hatte er Jasmin nicht zurückweisen können, als sie ihm einen Kuss gab. Ihre Lippen seien sogar aufgrund der hohen Feuchtigkeit an seinen festgeklebt. Der tatsächliche Erstküsser blieb für immer ein Geheimnis. Was irrelevant war, denn auf beiden Kontinenten rief die ganze Familie: „Skandal! Skandal! Skandal!"

Basils Bruder war sehr enttäuscht und zeigte seinen Unmut, indem er offiziell Partei für seine Mutter ergriff, aber im Grunde genommen war er nur verletzt, sogar ein schlechter Verlierer, weil er auf seinen Vater eifersüchtig war. Der Vater hatte ihm vor der Nase die Frau weggeschnappt, die eigentlich zu ihm passte. Er ging mit seinem Vater auf Konfrontationskurs. Der Vater warf ihm Respektlosigkeit vor, pfändete sein Taschengeld und warf ihn aus dem Haus.

Der Bruder forderte Basil auf, seine Stieftochter zur Raison zu bringen. Der antwortete lakonisch, sie sei volljährig und müsse wissen, was sie tue, während Jasmins Mutter dauernd nach Kamerun anrief, um ihre Tochter vor der Gefahr zu warnen, der sie sich aussetzte. Afrika sei gefährlich, arm und voller hungernder Menschen.

Unbekümmert zerriss Jasmin ihr Rückflugticket und blieb in Kamerun.

Basils Mutter verfluchte alle, besonders aber ihren Sohn. Durch ihn kam ihr Unglück. Sie trennte sich von Basils Vater und ließ sich scheiden.

Der Schwiegervater und Schwiegersohn von Martina hat heute zwei Kinder mit der Stieftochter und Stiefmutter von Basil. Alle lachen über diese verzwickte Verwandtschaft, nur der Bruder und die Mutter nicht.

Hätte sich Basils Bruder bei Jasmin durchgesetzt, hätte er die Stieftochter seines Bruders geheiratet. Das hätte auch die Kinder ein bisschen verwirrt. Sie würden ‚Opa' rufen, und der angebliche Opa wäre der Onkel.

Seit Basil seine Schweizer Staatsbürgerschaft erhalten hat, überlegt er, die Verwandtschaft zu vereinfachen, indem er sich von seiner Frau trennt, aber immer wieder hält ihn die Schönheit und Liebe zu der übervierzigjährigen Frau von dieser Entscheidung ab. So bleiben ihre Enkelkinder die Halbgeschwister ihres Mannes.

11. April. Notizen

Ivorer protestieren weltweit gegen das Eingreifen französischer Soldaten im ivorischen Bürgerkrieg. Ein Ivorer, französischer Staatsbürger, unterhält sich aufgeregt und wütend mit mir: „Ich verstehe nicht, du hast einen französischen Pass und redest trotzdem, als ob Frankreich rein weiß wäre."

„Wie bitte?"

„Man muss doch konsequent sein. Du bist auch ein Teil dieses Frankreich, das den Palast von Gbagbo bombardierte."

„Ich habe meine Stimme nicht für Sarkozy abgegeben."

„Das ist irrelevant. Er verteidigt die Interessen Frankreichs, deine zum Teil auch."

„Er verteidigt die Interessen seiner Konzerne."

„Du kommst doch gerade von einem Praktikum bei einem großen Konzern? Du konntest dort arbeiten, weil der Konzern existiert und Mitarbeiter braucht, die Afrika kennen."

„Bist du für die Einmischung Frankreichs in den ivorischen Konflikt, oder was?"

„Ich habe kein Interesse an der Elfenbeinküste. Also kann ich keine Meinung haben. Die Weltpolitik wird immer komplizierter, ich wünsche mir nur, dass Menschen wie du konsequent bleiben."

„Ich bin doch konsequent. Ich bin gegen die Einmischung Frankreichs im ivorischen Konflikt."

„Du bist nicht konsequent. Ich habe dich mit Absicht gefragt, ob du einen ivorischen Pass besitzt. Du hast ‚nein' gesagt. Also, für mich bist du kein Ivorer mehr. Du bist ein Franzose."

„Es waren doch nicht alle Amerikaner mit dem Krieg im Irak einverstanden."

„Du redest mit mir, als ob du, Ivorer, von Frankreich angegriffen wärest. Die Amerikaner wie Michael Moore haben sich nicht als Iraker gefühlt. Sie waren Amerikaner, die gegen den Krieg waren. Diesen Unterschied wollte ich dir nur zeigen."

Wir schwiegen. Während dieser Zeit dachte ich, wie komplex der Mensch im 21. Jahrhundert geworden ist. Die Deutschen sprechen von deutschen Autos, die Schweizer von Schweizer Banken, mag sein, dass diese Adjektive für Schweizer Käse und französischen Wein gelten. Vor fünfzig Jahren hätte man kaum einen Franzosen oder eine Kamerunerin in der Entwicklungsetage von Volkswagen in Wolfsburg getroffen. Die Autos werden heute mit Köpfen und Teilen aus der ganzen Welt zusammengebaut, trotzdem spricht man noch von deutschen, französischen oder japanischen Autos. Wir wollen in die Zukunft, aber wir wollen unbedingt die alten Gewohnheiten behalten.

Wechseln wir das Thema.

12. April. Notizen

Am Jahrestag von Yuri Gagarins Flug ins All begegne ich einem jungen Amerikaner im *Café Populaire*. Es ist der Ort, wo die Gäste wie in einer Philosophie-Vorlesung sitzen. Sie diskutieren und diskutieren. Sie nehmen keinen Fremden wahr, der sich zu ihnen setzt und zuhört. Ich schaffte es, eine Gruppe zu unterbrechen, weil ich wegen des Akzents annehme, dass der Junge ein ausländischer Student ist. „Warum studierst du in Freiburg?" „Meine Universität hat ein neues Austauschprogramm mit der Universität Freiburg begonnen, und ich bin der erste Austauschstudent. Ich mache sozusagen den Test." Ich sage: „Du bist also der Gagarin deiner Universität!" Wir lachen. Ich verabschiede mich und setze meinen Weg fort.

13. April. Notizen

Ich will zu einer Vorlesung auf dem Campus von Pérolles. Die Zeit läuft davon, ich schaffe es nicht mehr, pünktlich zu sein. Ich muss den Bus nehmen. Der Bus Nummer 5 kommt, ich stehe vor der Tür und rufe dem Fahrer zu, er solle aufmachen. Er schaut mich befremdet an. Er versteht mich nicht. Ich klopfe gegen die Tür und fordere ihn auf: „Öffnen Sie doch!" Er öffnet die Tür und sagt: „Sie müssen selbst die Tür aufmachen, dafür ist der Knopf da."

Oh!, denke ich beschämt, das haben wir in Braunschweig nicht. Dort betätigen die Fahrer den Türöffner. Andere Länder, andere Sitten.

Der Bus fährt los und biegt in die falsche Straße ab, rechts am Bahnhof vorbei, Richtung Rue Louis-d'Affry. Nein, denke ich und beschließe, nicht mehr in die Vorlesung zu gehen. So traf ich meine Entscheidungen während meines Studiums, und warum soll ich mich jetzt nicht genauso verhalten?

Wenn ich nicht mehr in die Vorlesung gehe, dann muss ich wenigstens meine 30-Minuten Fahrkarte verbrauchen. Ich bleibe im Bus und entdecke eine andere Seite von Freiburg. Auf der Rückfahrt ist meine Fahrkarte irgendwann abgelaufen, ich steige aus und setze den Weg zu Fuß fort. In der Avenue du Midi entdecke ich ein Schild: *Bibliothèque interculturelle*. Neugierig betrete ich den Laden und mache eine großartige Entdeckung: 12'746 Bücher in 162 Sprachen, davon werden regelmäßig zehn Sprachen ausgeliehen: Französisch, Türkisch, Englisch, Portugiesisch, Spanisch, Deutsch, Russisch, Albanisch, Tamil und Italienisch.

Nachdem ich mich vorgestellt habe, führt mich die Gründerin, Frau Steinmann, durch den Raum und erklärt mir, wie der Verein entstanden ist. Freiburg ist wahrlich eine kleine Stadt mit viel Reichtum.

Einige Minuten nach meiner Ankunft stürmen fünf- bis siebenjährige Kinder den Raum. Eine Frau aus dem Kosovo erzählt Märchen aus ihrer Heimat. Danach geselle ich mich zu einer Gruppe von Erwachsenen, die sich treffen, um Französisch zu sprechen. Es sind Mexikaner, Chinesen, Brasilianer, Somalier, Russen, Eritreer und Türken.

Zum ersten Mal höre ich eine Türkin französisch sprechen. Mit dem Akzent klingt alles unbeschreiblich neu, ich kenne den Dialekt, aber bis jetzt nur in Verbindung mit der deutschen Sprache.

Die Leiterin erzählt mir, dass die Migranten selbst sie gebeten haben, einen Treffpunkt zu suchen, damit sie zusammenkommen können, um französisch zu üben. Ohne Zwang, und das ist sehr erfolgreich, weil sie zahlreich erscheinen, um sich zu unterhalten.

Die Unterhaltung verläuft dieses Mal nach folgender Spielregel: Man zieht einen Zettel und erzählt etwas anhand des Wortes, das auf dem Zettel steht, bis eine Sanduhr durchgelaufen ist.

Ich soll auch mitspielen. Ich ziehe und lese: „Hobby." Ich fange auf Französisch an: „Mein Hobby ist Kinder machen." Die Augen werden groß. Ich merke die Spannung und spreche weiter: „Ich habe elf Kinder." „Oh!", rufen die Damen einstimmig. Ich fahre fort: „Eigentlich wollte ich nur Jungen oder nur Mädchen, damit ich die erste Familienfußballmannschaft gründen kann. Leider hat das nicht geklappt. Ich habe fünf Jungen und sechs Mädchen."

„Wie ernährst du sie?"

„Ich habe das ganz klug gemacht. Eine Frau, ein Kind."

„Was?"

„Ja, so habe ich weniger zu leisten. Ich suche mir emanzipierte Frauen, die ihr Kind allein großziehen wollen. Sie wollen nichts von mir, aber wenigstens zum Geburtstag der Kinder schenke ich etwas."

Ich lese auf einigen Gesichtern, dass sie alles glauben, was ich erzähle, und noch bevor die Zeit um ist, sage ich, alles sei nur Phantasie. „Ich suche noch die Mutter meines zukünftigen Kindes, wenn jemand der Anwesenden es sein will, dann komme ich mit."

„Nein", sagt die Organisatorin des Kurses, „ich glaube nicht, dass du hier eine Frau für dein zwölftes Kind finden kannst." Wir lachen alle.

15. April. Notizen

Pakistani und Islam stehen im Mittelpunkt meiner Gespräche in einem anderen Wohnheim. Die Leiterin denkt nach und sagt, sie habe kein Problem in ihrem Wohnheim. Ich antworte: „Ich bin auch nicht wegen der Probleme gekommen. Ich suche kein Problem, sondern das Patent, das Sie anwenden, um kein Problem zu haben. Ich freue mich schon, denn die Erwartung der Menschen, dass es immer Probleme geben muss, verstärkt sich, wenn es um Ausländer geht. Die Präsenz von Ausländern kann auch eine Bereicherung sein, und das scheint hier der Fall zu sein. Sie kommen und gehen. Die Akzente sind ganz unterschiedlich."

„Also", sagt die Leiterin, „ich mache hier keine Unterschiede. Niemand bekommt eine Sonderbehandlung. Zum Beispiel habe ich keine getrennten Stockwerke. Männer und Frauen sind auf demselben Stockwerk untergebracht. Ich habe keinen Platz. So waren einmal die Eltern einer jungen Iranerin besorgt, dass der Nachbar ihrer Tochter ein Mann war. Ich sagte, ihre Tochter solle warten, bis ein anderes Zimmer frei wird. Wenn sie es wünsche, könne ich sie versetzen. Als es soweit war, hat das Mädchen den Umzug abgelehnt. Man muss den Leuten Respekt entgegenbringen, dann haben sie auch Respekt."

Manchmal gab es Gewohnheitsprobleme oder Probleme mit der Anpassung. Zum Beispiel warfen Studierende aus

Pakistan benutztes Toilettenpapier in den Korb statt in die Toilette. Das ist ihre Tradition, sagt die Leiterin. Es ist keine Frage der Tradition, sondern der Gewohnheit, denke ich, etwas, das für die Notwendigkeit eines Ratgebers oder Reiseführers spricht. Man kann die Leute nicht einfach so ins Land lassen.

Hier muss ich an mich als Deutscher denken. Seit ich die Strecke Freiburg – Braunschweig reise, erkenne ich manchmal auf Anhieb Menschen, die in Deutschland leben oder nicht. Diejenigen, die in Deutschland leben, reisen oft mit leeren Dosen oder Plastikflaschen. Wegen des Pfands habe ich mich schon dabei ertappt, dass ich die Flaschen, die ich nach Freiburg mitgenommen habe, wieder zurück nach Braunschweig bringe, weil es mir schwer fällt, auf das Geld zu verzichten und die Flaschen in den Container zu werfen. In der Schweiz werden die Flaschen plattgedrückt und in Container geworfen. Das ist nicht meine Tradition, und ich würde auch keinen Schweizer beschimpfen, der mich in Deutschland besucht und Coladosen gleich platt macht. Ich werde ihm nur sagen, dass wir in Deutschland die Dosen in die Läden zurückbringen müssen. Es ist eine Gewohnheit, keine Tradition.

18. April. Notizen

Nebensache: Ein Tunesier lädt mich zu sich in sein Zimmer ein. Er wohnt in einer Einrichtung, die der Kirche gehört. Ich betrete das Zimmer und sehe ein Kreuz an der Wand. Er wohnt provisorisch da. Das Kreuz scheint ihn nicht zu stören. Wird es ihm in zehn Jahren noch egal sein?

Der Zug erreicht den Bahnhof Basel. Die Person, die den Platz neben mir reserviert hat, wird hier einsteigen. Ich mache ein Spiel und rate, ob der Passagier eine Frau oder ein Mann sein wird, alt oder jung, nett oder unfreundlich, verschlossen oder offen. Eine elegante Fünfzigjährige sucht ihren Platz, lächelt mir grüßend zu und setzt sich neben mich. Ich grüße auch und schaue durch das Fenster. Der Zug rollt wieder. Sie holt eine Zeitschrift aus ihrer Tasche. Ich werfe einen Blick auf das Cover und sehe, dass es sich um eine Kulturzeitschrift handelt. „Eine Frau, mit der ich mich unterhalten kann", denke ich. Ich habe noch sechs Stunden Fahrt vor mir. Ein kleines Gespräch zwischendurch hilft, die Strecke zu überwinden. Ich rede nur, wenn die Mitreisenden Interesse zeigen. Also beobachte ich sie und schätze ein, ob sie bereit wäre, sich zu unterhalten. Gelangweilt legte sie die Zeitschrift wieder zurück. „Fahren Sie sehr weit?", frage ich, ihre Antwort wird mir ein Zeichen geben, ob sie Interesse an einem Gespräch hat oder nicht. Sie sagt: „Nach Hannover, und Sie?" Okay, ich habe verstanden, wir können uns unterhalten.

„Woher kommen Sie?"

„Aus Benin."

„Wo liegt das?"

„In Afrika."

„Ich liebe Afrika. Wissen Sie, was mich stört?"

„Nein."

„Wie die Armen ausgebeutet werden."

Ich frage mich, ob ich mit ihr weiterreden soll. Gut, ein bisschen Ärger kann nicht schaden.

„Warum können wir die Probleme der Welt nicht nüchtern betrachten?", frage ich, „ich höre diese Sätze seit meiner Kindheit, und trotzdem laufen die Sachen nicht anders in der Welt. In Norwegen wird Öl gefördert, keiner sagt, dass die Norweger ausgebeutet werden. Solange die ökologischen Schäden begrenzt sind, kann von mir aus jeder ausbeuten, wo und was er kann."

„Wie meinen Sie das?"

„Jeder beutet den anderen aus."

„Was?"

„Wissen Sie, wie viele Altautos afrikanische Geschäftsleute pro Jahr aus Europa importieren? Ich würde sagen, dass die Afrikaner auch auf ihre Art die Europäer ausbeuten."

„Sie schockieren mich. Die Afrikaner müssen die Autos zu den Preisen kaufen, die die europäischen Händler ihnen anbieten."

„Sie brauchen nicht schockiert zu sein. Die afrikanischen Geschäftsleute verhandeln, kaufen die Autos zu einem Preis, mit dem sie einverstanden sind, und exportieren sie nach Afrika. Haben Sie schon mal mit deutschen Handelsvertretern zu tun gehabt? Wenn Sie das Ausbeutung nennen, kann man sagen, dass diese Menschen ihre eigenen Landsleute ausbeuten, warum sollten sie sich bei den anderen anders benehmen? Die Geschäftswelt ist knallhart, und wer sich schlecht verkauft, ist zum Teil selbst schuld. Letztendlich handeln die Konzerne mit den Volksvertretern."

„Ja, aber trotz all dieser Ressourcen laufen Frauen kilometerweit, um Wasser zu holen."

„Haben sich die Frauen beklagt?"

„Was sagen Sie da? Sie sind privilegiert und machen sich keine Gedanken über ihre Mitmenschen."

„Das ist Ihre Meinung. Soweit ich weiß, muss man für fließendes Wasser in Deutschland bezahlen. Wenn ich meine Rechnung nicht bezahlen kann, kümmert es den Mitarbeiter des Wasserverbandes nicht, ob ich Afrikaner bin oder nicht, ob ich mein Wasser dann zwei Häuser weiter hole oder nicht. Lassen Sie die Frau Kilometer laufen, um Wasser zu holen. Falls ihr das nicht passt, wird sie sich einen Esel besorgen, um das Wasser zu holen. Ich möchte Sie nur bitten, die Leute in Ruhe zu lassen, damit sie selbst Lösungen für ihre Probleme finden."

„Sie sind gefühllos."

„Ich bin vielleicht emotionslos. Ich verbiete mir jede Emotion, seit ich in Europa lebe. Das ist nur Stress, der uns von den wahren Problemen ablenkt. Nehmen wir an, die Frau im Dorf braucht zwei Stunden, um Wasser zu holen. Wissen Sie, was meine Schwester, die fließendes Wasser in der Hauptstadt besitzt, in dieser Zeit macht? Sie guckt Fernsehen und verdummt. Sie sieht Werbung von Parfum und Schuhen und bekommt sonstigen Kummer, den die Frau im Dorf nicht hat. Als Kind habe ich in einem Dorf gewohnt, ich konnte es kaum abwarten, um 16 Uhr zum Fluss zu gehen, um Wasser zu holen. Dort trafen sich die Jugendlichen aus dem Dorf zum Baden und zum Spielen, bevor sie mit den Krügen voller Wasser nach Hause gingen. Vielleicht treffen sich zu derselben Zeit heute deutsche Jugendliche in einem Park, um zu saufen. Jeder soll vor seiner Tür kehren."

Ich habe das Weltbild meiner Nachbarin zerstört. Sie ist außer sich. Ich lasse sie in Ruhe.

Ich esse in der Mensa Miséricorde. Die deutsche Studentin Astrid sieht mich, kommt zu mir, grüßt mich und setzt sich zu mir. Sie sieht traurig aus. „Was hast du?", frage ich. Sie hat einen Nigerianer kennengelernt. Beide haben die Osterwoche gemeinsam verbracht. Es war schön. Seit drei Tagen meldet er sich nicht mehr. Sie versucht ihn zu erreichen, sein Handy ist offenbar immer ausgeschaltet. „Wir haben uns nicht mal gestritten", klagt sie. „Worüber habt ihr euch unterhalten?", frage ich. „Ich habe ihm ehrlich gesagt, dass ich noch nicht bereit bin, zu heiraten. Wir könnten gerne befreundet bleiben."

„Vergiss ihn!"

„Wie bitte?"

„Er hat keine Zeit. Für ihn ist das Kapitel abgeschlossen."

„Einfach so?"

„Er hat sich bestimmt eine neue SIM-Karte besorgt. Ein Migrant ohne Aufenthaltstitel verliebt sich nicht und darf das auch nicht. Dann ist er oder sie erledigt. Du hast ihm gesagt, dass du ihn nicht heiraten kannst, er muss weiter."

„Was ist mit dem Gefühl?"

„Haben eure Politiker und die Ausländerpolizei etwa Gefühle?"

Astrid schweigt und isst nachdenklich weiter ...

Die Fremdenfeindlichkeit ist ein Kreuz, dass jeder für sich und seine Gemeinde beansprucht. Der Blick richtet sich auf den anderen, von dem man Menschlichkeit und Würde erwartet. Das Interessante dabei ist: Die Bilder lassen sich endlos transponieren; die Geographie, die

Menschen sind austauschbar – es hört sich immer gleich an. Dieser Gedanke kommt mir in den Sinn, als ich eine Veranstaltung des Instituts für schweizerische Zeitgeschichte besuche. Der Dokumentarfilm „Die Jahre Schwarzenbach" von Katharine Dominice und Luc Peter wird vorgeführt. Der Film zeigt das Leben der italienischen und spanischen Gastarbeiter in der Schweiz. Ich sehe dieselben Bilder, die ich von den Gastarbeitern bei Volkswagen kenne: die Italiener von Wolfsburg.

Während der Diskussion nach dem Film heult ein Italiener, nachdem er seine Erfahrungen geschildert hat. In meiner Resignation frage ich mich immer wieder, was solche Veranstaltungen ändern. Die Italiener in der Schweiz beschweren sich, die Westafrikaner in Italien beklagen sich, und die Beniner berichten von Schikanen in Gabun. Die Russen beklagen sich in Deutschland, auch die Meldungen aus Moskau sind nicht so erfreulich. Die einzigen, die etwas verändern könnten, sind die Presse und die Politiker. Haben sie daran jedoch Interesse? Werden sie so viele Emotionen, die ihnen so viele Wähler und Leser bescheren, nicht länger für sich benutzen? Daran kann ich nicht glauben.

Ein Teilnehmer sagt: Bis heute hat sich nichts geändert. Das einzig Neue ist die Tatsache, dass man damals mit den Händen gearbeitet hat und heute mit dem Kopf. Da bin ich aber gespannt auf das, was von den heutigen hochqualifizierten Mitarbeitern in dreißig Jahren gefordert wird. Es war leicht, für die halbgebildeten ehemaligen Gastarbeiter Sprachtests und Integrationstests einzuführen, um sie abzuschrecken. Aber der osteuropäische Hochqualifizierte ist nicht unbedingt integrationswillig, und wenn die Zeit kommt, in der er nicht mehr gebraucht wird – welches Argument wird man dann verwenden?

Ich habe einen neuen Begriff gelernt: Bildungsausländer. Ein Bildungsausländer ist ein Einheimischer, der in sein Heimatland mit einem ausländischen Zeugnis zurückkommt, um zu studieren. Ein Schweizer mit deutschem Abitur, der in die Schweiz zurückkommt, um zu studieren, ist also ein Bildungsausländer.

Ich dachte schon, Staatssekretär Mauro Dell'Ambrogio habe mein Manuskript gelesen, als er den Gewinn beschrieb, den die ausländischen Studierenden für eine Hochschule bedeuten. Die Präsenz der ausländischen Studierenden hilft einem Lehrer, während einer Diskussion neue Gesichtspunkte zu betrachten. Die ausländische Studentin, die aus einem anderen Kulturkreis kommt, wird eine unterschiedliche Sicht auf ein Thema haben als die Schweizer. Diese verschiedenen Standpunkte dienen der Forschung. Also dürfen die Dorfpolizisten nicht unter sich bleiben, sondern sollten ihre Meinung mit den Lehrern, Ärzten und Pfarrern austauschen.

Ein anderer Vorteil ist der Nutzen für die Wirtschaft. Ein ehemaliger schweizerischer Absolvent ist immer von Vorteil, wenn es um Verträge oder Verhandlung im Ausland geht. Immer wieder muss ich erleben, wie die Stimmung sofort locker wird, wenn ich Russen treffe und ihnen mitteile, dass ich in Russland studiert habe. Ich möchte gerade nicht von meinem Mitbewohner reden, der mich jede Nacht mit Wodka abfüllt.

Ein anderer interessanter Aspekt, den ich noch von Herrn Dell'Ambrogio gehört habe, ist der Beitrag der ausländischen Studierenden zur Qualität des Studiums an einer Universität wie St. Gallen. Jährlich melden sich dort 5'000 deutsche Kandidatinnen und Kandidaten. Die Universität fühlt sich aufgrund ihres Budgets, das ich nicht zu nennen brauche, gezwungen, eine Ausländerquote von 25% einzuführen. Die Hochschule sucht sich somit ihre Studentinnen und Studenten aus. Sie nimmt nur die besten Bewerber. Folglich ist den Schweizern bewusst, dass sie mit den besten ausländischen Studierenden konkurrieren müssen. Resultat: Es melden sich nur die besten Schweizer. Fazit: Durch den Zuzug der Ausländer steigt die Qualität der Lehre in einer Hochschule im internationalen Vergleich. Ende der Meinung des Politikers. Sie können sich Ihre eigene Meinung bilden.

Warum diskutieren die Schweizer überhaupt über die Ausländer in den Hochschulen? Es ist nicht so, dass sie keine Ausländer mögen. Es geht um Geld. Die Universitäten fallen seit neuestem in das Ressort des Bundesrates für – nein, nicht für Bildung und Kultur, sondern für Ökonomie! Sobald Bildung nicht mehr als Investition in die Zukunft verstanden wird, sondern als potentielle Einnahmequelle, ändert sich die Perspektive radikal. Nicht die klugen, umsichtigen Köpfe sind dann das Ziel, sondern der finanzielle Gewinn.

Wie sollen die Universitäten finanziert werden? Eine Frage, die anscheinend den Politikern und den Leitern der Hochschulen Kopfzerbrechen bereitet. Die Sache ist nicht so einfach. Führt man generell Stipendien mit sozialbegleitenden Maßnahmen ein, bekommt man durch die Ausnahmen am Ende nichts in die Kasse. Befreit man die Unterklasse und die Mittelschicht von Studiengebühren, dann hat man eine Art Reichensteuer eingeführt. Eine komplizierte Angelegenheit für alle, die eine Lösung suchen.

Müde mache ich mich auf den Weg nach Hause, im Flur des Universitätsgebäudes begegne ich Gabriela, einer Raumpflegerin. Wir kommen ins Gespräch: „Ich komme aus Portugal ... ich bleibe nur noch vier Jahre hier, bis mein Mann in Rente geht, dann kehren wir nach Portugal zurück."

Ich denke: Diese Ausländer kommen nicht einmal dazu, ihren Koffer auspacken! Sie will zurück in die Heimat, sicherlich wird sie ein anderes Portugal entdecken und in die Schweiz zurückkehren. Das Beste wäre, niemals sein Heimatland zu verlassen. Hinterher ist man immer schlauer.

18. Mai. Notizen

Wir sitzen in der Mensa. Die Professoren und ihre Assistenten sprechen über die Hochschulpolitik der Schweiz, die wenig Akademiker ausbildet und sich bei den Nachbarn bedient, insbesondere in Deutschland, von wo jährlich bis zu 800 Ärzte einwandern.

Die Wissenschaftler sprechen über den Brain Drain, der Deutschland schaden könnte. Doch der Prozess der Migration ist dynamisch, und die Natur duldet kein Vakuum. Wenn deutsche Ärzte gehen, dann kommen eben die Polen.

Wie sieht es im Süden aus? Will man dort die Akademiker behalten? Ich glaube nicht. Man ist nicht scharf darauf, die Ausgebildeten zurückzuholen. Nehmen wir das Beispiel meines indischen Freundes. Er hat in Deutschland Biotechnologie studiert, wollte selbständig in Indien arbeiten und fand keinen Kreditgeber. Der Druck war so groß, dass er überlegt hat, eine Niere zu verkaufen, um an Geld zu kommen. Bildung zählt nicht mehr wirklich.

Die Welt hat sich verändert, und die Akademiker haben viel an Glanz verloren. Schauen Sie, was für Sendungen die Fernsehsender ausstrahlen. Welches Niveau haben die Programme? Und wieviel verdienen die Moderatoren als Pseudostars? Da fragt man sich, ob die Investition in das Studium sich lohnt. Der einzige Reichtum, der anerkannt wird, ist der finanzielle Reichtum.

19. Mai. Notizen

La Passerelle. Warum studiert Eva aus Deutschland in Freiburg? Antwort: „Die Zweisprachigkeit hat mich angezogen. Ich studiere Französisch, und als Deutschsprachige finde ich die Übung wunderbar. In Gesprächen auf der Straße wechsele ich zwischen den Sprachen, ohne dass es mir bewusst ist. Hinterher merke ich, dass ich mich in Französisch mit der einen und in Deutsch mit dem anderen unterhalten habe."

Was ist mit den Gebühren? „Das Studium umsonst gibt es nirgendwo. Es ist doch eine Legende, dass man hier oder da umsonst studiert. Hier übernehmen meine Eltern zum größten Teil die Kosten. Wenn man es vergleicht, kostet das Studium meines Bruders in Köln fast genauso viel."

20. Mai. Notizen

Im Zug begegne ich einem Absolventen aus Kamerun. Er ist auf der Suche nach einer Ingenieurstelle. Die Zeit drängt, es bleiben ihm nur noch zwei Monate. Nach dieser Frist wird man ihn auffordern, das deutsche Territorium zu verlassen.

Ich frage ihn, warum er unbedingt in Deutschland bleiben will. Er hat während seines Studiums Schulden gemacht. Dann musste er aufhören zu jobben, um seine Diplomarbeit schreiben zu können. Seine Schulden beziffern sich auf ungefähr 5'000 Euro (3'400'000 CFA Francs) plus Zinsen. Wenn er nach Hause zurückkehre und eine in der einheimischen Währung bezahlte Arbeit aufnehme, werde er nicht in der Lage sein, diesen Betrag aufzubringen. Die Welt sei durchsichtiger geworden. Alle denen er Geld schulde, würden schon auf seine Spur kommen, falls er beschließe unterzutauchen, dank Internet zum Beispiel.

24. Mai. Notizen

Ich muss mit der Fragerei aufhören und endlich anfangen zu schreiben. An der Haltestelle sehe ich drei Studentinnen, die sich auf Englisch unterhalten. Offenbar Amerikanerinnen. Ich kann nicht wegschauen, ich bin angezogen, noch ein letzter Proband, denke ich und stelle die übliche Frage:

„Where are you coming from?"

Zwei ignorieren mich. Die Dritte sagt wütend: „Oh, my God! Do you know how many times I answered this question today?" Und schrill sagt sie: „I am Swiss! Is it OK?"

30. Mai. Notizen

Adam spielt mit dem Gedanken, einen Verein afrikanischer Studierender zu gründen. Warum? „Falls die Behörde oder die Universität sich prinzipiell an die afrikanische Gemeinde wenden wollen, haben sie keinen Ansprechpartner, es gibt keine Stimme, die uns in der Stadt vertritt."

„Muss das sein?", frage ich.

„Wir haben Fragen und Probleme, die die allgemeine studentische Vertretung nicht beantworten kann."

Es ist kompliziert. Wie kann man die Integration der ausländischen Gemeinde mit den hiesigen Vereinen fördern und gleichzeitig regionale oder landesbezogene Vereinigungen wollen? Es fällt mir ein, dass es eine zentrale Informationsstelle für alle Studierenden gibt. Ich gehe hin und frage, welche Ratschläge sich die ausländischen Studenten und Studentinnen holen.

Der Mitarbeiter der Informationsstelle antwortet: „Wo sind die Ausländerbehörden? Wie finde ich ein Zimmer? Wo ist der Saal 2113?"

„Sie stellen keine Frage über das Leben im Lande? Zum Beispiel: Wie soll ich mich als Gast in einer Familie benehmen?"

„Nein ..."

„Nicht mal: Hilfe, ich bin einsam, finden Sie für mich eine Gastfamilie, bei der ich Weihnachten verbringen kann?"

„Nein."

Gut, vielleicht hat der junge Afrikaner Recht. Aber wie wäre es, wenn er, statt einen Verein zu gründen, diese landesbezogene Beratung zusammen mit den Mitarbeitern der Informationsstelle organisiert?

Der Junge zeigt mir, dass er von der Idee nicht begeistert ist. Dann schlage ich ihm vor, in Zeiten von Internet, Facebook usw. einen netzwerkbasierten Verein zu gründen. Meiner Erfahrung nach sind studentische Vereine kurzlebig und hängen sehr vom Engagement des Vorstands ab.

Ein paar Stunden fühle ich mich in diesem Gedanken bestätigt, als ein junger Schweizer kroatischer Herkunft mich auf dem Hof von St. Justin zum Grillen einlädt. „Ich weiß nicht, wo ich hingehöre. Ich bin im Alter von zwei Jahren in die Schweiz gekommen und in Bern groß geworden. In der Schweiz sagen meine Freunde, ich sei ein Kroate, in Kroatien sagen meine Verwandten, ich sei ein Schweizer, ein Sankt Nikolaus, der Geschenke und Geld mitbringt. Die Freiburger finden, dass ich ein Berner bin." Immer wieder dieselbe Frage: Wo gehöre ich hin?

Die Afrikaner sind wieder ein zentrales Thema bei einer anderen Mitarbeiterin der Universität. Sie spricht von den Erfahrungen eines Kameruners, der Freiburg verlassen hat, um sich an einer deutschen Universität einzuschreiben. Sie liest mir seine E-Mail vor. Er habe sich in Freiburg allein und unerwünscht gefühlt. „Afrikaner, Asiaten, alle haben Probleme", sagt die Mitarbeiterin, „meiner Meinung nach sollte man ihnen raten, fern zu bleiben. Die jungen Leute werden zerstört und fertig gemacht. Sie kommen mit 20 und sind mit Problemen konfrontiert, die ihnen über den Kopf wachsen." Mit meinem globalen Blick erzähle ich, dass die Situation nicht nur Freiburg betrifft, sondern weltweit besteht.

Ich bin noch nie in Amerika gewesen, aber mit meinen Erfahrungen aus Deutschland, Frankreich und Russland denke ich, dass die jungen Leute zu Hause auf die Reise vorbereitet werden müssen. Sie haben zum Teil zu große Erwartungen an die jeweiligen Länder, in denen sie leben werden. Niemand ist wichtig, niemand muss geliebt werden und niemand hat Mitleid oder nimmt Rücksicht. Das ist ein Grundsatz, der ihnen klar gemacht werden muss, wenn sie sich in das große Abenteuer des Studiums stürzen. Sie müssen das Dreifache von dem leisten, was die Einheimischen leisten. Überall auf der Erde. Die Mitarbeiterin nennt das Phänomen: eine gemeinsame Identität. Das stimmt.

Auf dem Weg zum Bahnhof gehe ich in meine Lieblings-
buchhandlung in Freiburg: *Albert Le Grand*. Diane schenkt
mir zum Abschied ein Buch von Jorge Borges. Ich danke
und verlange ein Autogramm. Sie ist verlegen: „Ich kann
doch nicht! Ich bin keine Autorin." „Schreib bitte etwas."
Adieu.